MW01609545

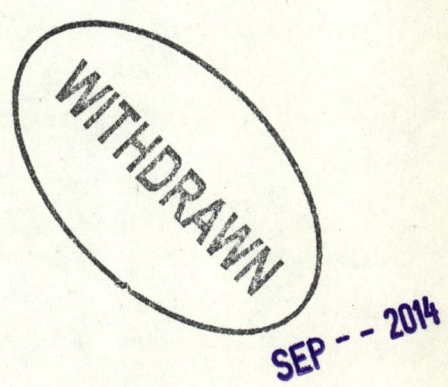

folio
junior

Les Éditions Gallimard Jeunesse remercient
la Fondation néerlandaise des lettres
qui a rendu possible la publication
de cet ouvrage grâce à son soutien financier.

Peter van Gestel

Marike
et la forêt hantée

Illustrations de Annemie Heymans

Traduit du néerlandais
par Mireille Cohendy

GALLIMARD JEUNESSE

« *Le Diable : Belle enfant, ne crains dommage ni douleur, mais, je te le promets, si tu veux suivre mon conseil et, ma foi, me suivre moi-même, non, tu n'auras pas à le regretter...* »
Petite Marie de Nimègue

1

Où Archibald est chassé de la ville
et où il trouve une petite fille au beau
milieu des tormentilles en fleur

Jadis, au temps où les gens ne se lavaient pas souvent, un vieil original vivait dans une ville fortifiée.
Il s'appelait Archibald. Il avait peu d'estime pour
les gens qui l'entouraient. Il les trouvait bêtes,
méchants et beaucoup trop bruyants. Il habitait avec
sa chèvre, dans une petite maison en bois construite
de ses mains.

Archibald avait dressé son étal non loin de l'église.
Il y vendait de petits pots de pommade, des fioles de
sirop aux plantes médicinales et des pilules contre la
douleur.

Par un beau dimanche de mai, Archibald lisait *L'humanité est une farce* derrière son étal. L'énorme livre était ouvert sur ses genoux. Relié en parchemin patiné, il foisonnait d'images et d'histoires concernant la vie des hommes sur terre.

Un passant posa son regard sur les pots et les fioles.

– Le Diable fait les quatre cents coups dans ma guibole droite, déclara-t-il.

Tout en poursuivant tranquillement sa lecture, Archibald lui indiqua une des fioles.

– N'oublie pas de laisser quelques pièces, dit-il.

– C'est efficace ?

– Ça ne peut pas faire de mal.

– Tu as l'air costaud et en bonne santé. Quel est ton secret ?

– Je me lave chaque jour les pieds dans le ruisseau, je mange chaque jour de la bouillie au lait de chèvre et je lis chaque jour ce beau livre. Je n'ai rien à craindre.

L'homme lui laissa quelques pièces. Après avoir débouché la fiole et l'avoir bue, il s'éloigna en traînant du pied.

Archibald était toujours plongé dans sa lecture. Il ne remarqua pas l'agitation qui montait sur la place.

Magistère Esculape se dirigeait droit sur son étal. Il pointait fièrement son gros ventre en avant. Le prévôt et ses deux acolytes le suivaient. Ils portaient une gigantesque épée à la ceinture. Les gens, sur le marché, s'écartaient en toute hâte pour leur céder le passage.

Magistère Esculape s'arrêta devant l'étal et se pencha sur l'une des fioles. Il jeta un regard suspicieux sur les lentilles d'eau qui flottaient à la surface.

— On dirait de l'eau puisée dans le fossé, dit-il.

— C'en est, répliqua Archibald sans lever les yeux de son livre.

Magistère Esculape se pencha sur l'un des pots, souleva le couvercle, renifla le contenu et toussota.

— Ta pommade sent la graisse rance, dit-il.

— C'est de la graisse rance, répondit Archibald.

— Et tes pilules, mon bonhomme, on dirait des crottes de rat.

Archibald humecta son doigt du bout de la langue et tourna la page de son livre.

— Vous avez deviné, fit-il.

— Je suis magistère Esculape, dit magistère Esculape. La Comtesse et moi-même avons décidé que tu serais chassé de la ville.

Cette fois, Archibald leva les yeux. Il vit que la cape et le chapeau à large bord de magistère Esculape étaient noirs comme jais.

— Vous avez parlé récemment avec la Comtesse ? demanda-t-il d'un ton aimable.

— Je suis son conseiller et son médecin, répliqua magistère Esculape. Je m'entretiens avec elle quotidiennement. La Comtesse apprécie la vraie médecine, mais elle a horreur des charlatans.

– Conseiller et médecin, mazette ! fit Archibald.
Il rit et reprit sa lecture.

– Comment oses-tu rire de moi ? s'écria magistère Esculape.

– Je ne me moquais pas de vous, magistère J'sais-pastropquoi, je riais de ce que je viens de lire dans *L'humanité est une farce*. Écoutez-moi ça.

Archibald suivait les lignes du doigt.

– *Méfiez-vous des apothicaires vêtus de noir. Ils ne feront qu'aggraver vos douleurs et en plus ils demanderont à être payés. Ils ont la tête blanche et ronde comme un poulet plumé. Ils transpirent à longueur de journée. À force de boire et de manger, ils ont la panse si rebondie qu'ils ne voient même plus leurs pieds. Ils se donnent des noms latins ronflants. Ils en savent autant sur la médecine qu'un singe sur l'alphabet.*

Les cloches se mirent à sonner.

Magistère Esculape hurla :

– Que l'on détruise son étal !

Le prévôt et ses hommes brandirent leurs épées et démolirent l'étal d'Archibald. Les pots et les fioles éclatèrent en mille morceaux, les pilules voltigèrent de tous côtés.

Des hommes et des femmes qui se rendaient à la messe passèrent près des pots et des flacons brisés. Ils levèrent le poing et crièrent :

– À mort, le vieux fou !

Archibald referma son livre d'un coup sec.

– Soyez tranquilles, dit-il, je m'en vais. Vous permettez que j'emporte ce livre et que j'aille chercher ma chèvre, mes vêtements, mes casseroles et mon matelas plein de puces ?

Le prévôt et ses hommes remirent leur épée au fourreau.

– Disparais, toi et ta poudre de perlimpinpin ! hurla magistère Esculape. Et qu'on ne te revoie plus !

De retour dans sa maisonnette, Archibald mangea tranquillement sa bouillie au lait de chèvre.

Il lâcha un rot retentissant, puis il fit un petit somme.

Il fut réveillé par les coups de langue de sa chèvre.

– Sophie, nous partons en voyage, annonça Archibald, lorsqu'il eut fini de bâiller. Ensemble, nous ne craignons rien. J'aurai chaque jour ma bouillie au lait de chèvre et toi, des feuilles bien vertes.

Sophie pointa la tête par la fenêtre et se mit à mâchonner un buisson.

Archibald remplit sa carriole de toutes sortes de choses, enfonça un vieux bonnet de cuir sur ses oreilles et s'empara de son bâton.

L'esprit en paix, il avançait calmement dans les rues désertes. Sa barbe flottait au vent.

Sophie tirait la carriole. De temps en temps, elle poussait un bêlement.

Les roues grinçaient et craquaient, les casseroles faisaient un bruit de ferraille.

Ils traversèrent la place. De l'église leur parvinrent les voix cristallines d'enfants qui chantaient des cantiques.

— Eh oui, Sophie ! déclara-t-il, même après avoir chassé un pauvre bougre, les braves gens se plaisent à écouter des voix célestes.

Archibald et sa chèvre franchirent des vallées profondes et gravirent de hautes collines. Après deux jours de marche, Archibald décida de suivre un ruisseau.

Ils arrivèrent à l'orée d'un bois.

— C'est la forêt hantée, dit Archibald, j'en ai déjà entendu parler ! Tout le monde en a une peur bleue. On prétend qu'elle est habitée par les mauvais esprits. Qu'est-ce qu'on fait ?

Sophie poussa un bêlement.

Archibald la détacha de la carriole.

— Je me suis laissé dire que les mauvais esprits craignent les hommes âgés et les chèvres. Allons, Sophie, courage ! Nous allons nous y installer. Ici, je pourrai lire *L'humanité est une farce* sans être dérangé.

Sophie se dirigea vers le ruisseau, tendit le cou et se désaltéra.

Tout à coup, elle releva la tête. Surprise, elle dressa l'oreille.

— Tu entends quelque chose que je n'entends pas ? demanda Archibald.

Sophie retroussa les babines, découvrant ses grandes dents.

Archibald, la main à l'oreille, écoutait. Il perçut des gémissements.

– Un être humain ! s'exclama-t-il.

Sophie le précéda en se dandinant.

Les pleurs se firent plus forts.

Sophie et Archibald s'arrêtèrent devant un tapis de tormentilles en fleur.

Parmi les fleurs, ils découvrirent un nourrisson. Il portait un bonnet blanc et une brassière de la même couleur ; elle était tachée de sang.

Sophie se pencha sur l'enfant et goûta les tormentilles.

– Que fais-tu ici ? demanda Archibald à l'enfant.

Au son de sa voix rocailleuse, le nourrisson cessa de pleurer.

– Un nourrisson, Sophie. Est-ce que tu vois le père où la mère quelque part ?

Sophie inclina la tête. Des tormentilles lui sortaient de la bouche.

Archibald souleva prudemment l'enfant.

– T'aurait-on perdu, demanda-t-il, ou déposé ici ? Pourquoi y a-t-il des taches de sang sur ta brassière, dis-moi ?

Archibald s'aperçut que les taches formaient des lettres.

– « Prenez soin de Marike », lut-il.

– Tu es une fille !

Marike l'observait de ses grands yeux noirs.

– Ta maman me demande de m'occuper de toi, dit Archibald.

Il posa le petit doigt sur les lèvres de l'enfant.

Marike esquissa un mouvement de succion.

– Ce n'est pas ça qu'il te faut.

Il reposa Marike sur les tormentilles.

Sophie lui renifla le nez. Elle planta ses dents dans sa brassière.

– Sophie, dit Archibald, cesse de faire la chèvre !

Sophie lâcha la brassière.

Archibald sortit un petit pot vide de sa carriole, s'agenouilla devant Sophie et se mit à la traire avec, à la fois, douceur et fermeté.

Marike hurlait à fendre l'âme. Ses petites pattes s'agitaient, elle serrait les poings.

Archibald retira son bonnet de cuir. Après avoir fouillé dans ses affaires, il finit par trouver un poinçon. Il perça un petit trou dans le cuir et versa le lait chaud dans le creux du bonnet.

Des gouttes de lait tombèrent sur les lèvres de Marike.

Les gouttes s'éparpillèrent.

Archibald agrandit le trou. À présent, il pouvait faire couler le lait en un filet dans la bouche de la fillette.

Après avoir goûté le lait, Marike se mit à boire goulûment. De temps en temps, elle poussait un petit grognement de satisfaction.

Archibald réfléchit un moment avant de demander :

— Dis-moi franchement, Marike, voudrais-tu d'un vieux bougre et d'une chèvre pour père et mère ?

Marike eut un hoquet.

Archibald et Sophie échangèrent un regard.

— Qu'est-ce qu'on fait ? demanda Archibald.

2

Où un voyageur tremblant de peur parle à un petit génie de la forêt et où Archibald raconte la même histoire pour la énième fois

Les années passèrent et personne n'entendit plus parler d'Archibald ni de sa chèvre.

Par un beau matin de mai, un voyageur se rendait au village de sa mère. Il portait un chapeau flambant neuf.

« Encore quelques bonnes journées de marche et je pourrai frapper à sa porte, se disait-il. Dès qu'elle verra mon chapeau, elle comprendra que son fils a réussi. »

Une légère brume d'un gris clair recouvrait le paysage.

Le voyageur marchait sur un chemin sablonneux en sifflotant gaiement.

Il ne remarqua les grands arbres de la forêt hantée qu'au moment où ils furent à portée de main. Il s'arrêta.

« De deux choses l'une, se dit-il. Ou je contourne la forêt. Il me faudra deux jours. Ou je la traverse. Dans ce cas, une journée suffira. C'est ce que je vais faire. Dès qu'elle verra les feuilles humides sur mes bottes, maman saura tout de suite que j'ai traversé la forêt hantée. Elle sera fière de moi ! »

Le voyageur avançait sur le sol doux au pied, recouvert de mousse, d'herbe et composé de terre meuble.

Il faisait sombre dans la forêt car les branches des arbres étaient couvertes de feuilles.

Il pointa les lèvres et essaya de siffler. Il n'y parvint pas.

Il marchait depuis plusieurs heures quand il se dit : « J'entends comme un murmure. Les écureuils ou les mauvais esprits ? Trop tard pour rebrousser chemin. Je me suis enfoncé trop avant dans la forêt. »

Un cri perçant retentit au-dessus de sa tête.

Le voyageur tomba à genoux.

Il joignit les mains et récita une prière :

– Sainte Marie, mère de Dieu, protégez-moi. Ne me punissez pas pour ma témérité. Je ferai brûler trente cierges à l'église. Ils coûtent un sou chacun, vous savez ?

Le voyageur lançait des regards apeurés autour de lui.

Il lui semblait entendre des murmures rauques venant de derrière les arbres.

Il finit par se relever.

« Voyons, se dit-il, c'est ridicule, ce n'est que le cri d'un oiseau de proie, rien d'autre. »

– Qui es-tu ? demanda une petite voix haut perchée.

« Mon heure a sonné », pensa le voyageur.

Les feuilles s'agitaient derrière lui, quelque chose tomba à terre.

– Pitié ! s'écria-t-il.

– Quel beau chapeau, fit la petite voix haut perchée.

– Je vous en supplie, laissez-moi mon chapeau, il m'a coûté deux deniers.

– Retourne-toi, ordonna la petite voix.

Lentement, il se retourna.

Un petit génie de la forêt se tenait par terre, accroupi comme une grenouille. Il avait la tête hérissée de mèches blondes rebelles et les pattes en peau de bête, d'un beau brun. Son nez pointu était noir comme la boue. Ses yeux pétillaient de joie.

Le voyageur pensa : « Petit ou grand, un génie est un génie. Il peut me transformer en lézard ou en souris en un tournemain. »

Il tremblait de tout son être.

– Tu te laves les pieds chaque jour ? demanda le petit génie de la forêt.

Le voyageur ôta poliment son chapeau.

— Je ne me lave pas les pieds tous les jours, grand Dieu, non, répondit-il. Où irais-je chercher l'eau ? Vous êtes fâché ?

— Manges-tu chaque jour de la bouillie au lait de chèvre ?

— Dites tout de suite ce que vous attendez de moi, lâcha le voyageur dans un cri de désespoir. Ne m'accablez pas de questions, je vous en prie. Vous êtes petit, certes, mais un rien m'effraie.

— Lis-tu chaque jour quelques pages d'un livre ?

— Un·livre ? Non, jamais ! On dit que, dans les livres, il y a des lettres. Les lettres, je ne sais pas ce que c'est. Et la bouillie au lait de chèvre, ça sent vraiment la chèvre, vous ne trouvez pas ? Euh, mes réponses vous conviennent-elles ?

— Si je t'emmenais chez Archibald ?

— Qui est Archibald ?

— Archibald est un magicien. Ça se voit tout de suite, il porte une longue barbe.

— Un magicien !

— Oui, un magicien. Il m'a fabriqué un lit dans lequel on s'endort instantanément. Tu veux que je lui demande de te faire un tour de magie ?

— Non, merci, dit le voyageur. Je vais chez ma mère. Je peux poursuivre mon chemin ? Jamais je ne remettrai les pieds ici, c'est promis.

— Où elle habite, ta mère ?

— À une journée de marche d'ici.

– Elle a une chèvre ?

– Non.

– Alors comment elle fait pour préparer la bouillie au lait de chèvre ?

– Je n'aime pas la bouillie. Je préfère le pain. Il n'existe rien de meilleur au monde que le pain frais que fait ma mère.

– Hum, fit le petit génie de la forêt.

Il ferma les yeux et aspira une bouffée d'air.

– Hum, répéta-t-il, le pain sent bon !

– Oui, dit le voyageur, le pain frais, je ne connais pas de meilleure odeur au monde.

– Je n'ai jamais vu un pain.

– Et vous savez que le pain sent bon. Comment est-ce possible ?

– Je ne le sais pas, je l'ai lu dans *L'humanité est une farce*, répliqua le petit génie de la forêt. C'est le plus beau livre du monde. Je le connais par cœur. Vous voulez que je vous en récite un passage ?

– Qu'est-ce que ça veut dire, *par cœur* ? Quelles sont ces choses que vous voulez me faire entendre et qui sortent d'un livre ?

Le petit génie de la forêt dit :

– Les conseillers du roi sentent l'œuf de cane pourri. Les soldats sentent le boudin séché. Les jeunes filles pieuses sentent la pensée sauvage. Tout cela est écrit dans le livre. Il y est aussi écrit que le pain sent bon. À quoi ressemblent les bonnes odeurs ?

— Euh, répondit le voyageur, l'odeur du pain frais fait penser à une belle matinée de brume.

Le petit génie acquiesça.

— Au revoir, dit le voyageur.

Il remit son chapeau et il s'éloigna en faisant comme s'il avait tout son temps.

Tandis qu'il lançait des regards par-dessus son épaule en direction du petit génie de la forêt, il trébucha sur un tronc d'arbre et s'étala de tout son long. Il s'empressa de se relever et prit ses jambes à son cou.

Alors qu'il s'éloignait, il entendit un rire moqueur.

Archibald se trempait les pieds dans l'eau claire du ruisseau. Il attendait Marike. Depuis qu'elle savait marcher, elle lui tenait compagnie tous les matins, pendant qu'il se lavait les pieds. Pour la première fois, elle le faisait attendre.

« Où est-elle ? se demanda-t-il en maugréant. Chaque jour doit commencer par un brin de causette, sinon ma journée est fichue. »

Il observait ses pieds dans l'eau.

— Alors, les copains, fit-il, vous êtes joliment propres.

Sur la berge, Marike retroussait les jambes de ses culottes en peau de lièvre jusqu'au-dessus des genoux. Elle bondit près d'Archibald.

— Tu es en retard, lui fit-il remarquer.

Marike leva les yeux vers le soleil.

– Je suis un peu en retard, répliqua-t-elle.

Archibald regarda le soleil à son tour.

– Tu te débrouilles déjà bien pour lire l'heure.

– J'ai vu un chapeau, dit Marike.

– Un chapeau ? Ça n'annonce rien qui vaille.

– Il y avait un homme sous le chapeau.

– Quel genre d'homme ?

– Un homme bizarre. Il ne se lave pas les pieds tous les jours, il n'aime pas la bouillie au lait de chèvre et ne lit jamais de livre.

– Un homme comme tout le monde, en quelque sorte !

– Il est parti en courant. Chez sa mère. Chez elle, il va manger du pain frais. Tu sais à quoi ressemble l'odeur du pain frais ?

– Le pain frais a l'odeur de pain frais.

– Le pain frais a l'odeur d'une belle matinée de brume.

– Ah, dit Archibald, maintenant que tu le dis. Oui, c'est ça en effet. Tu regrettes que je ne sache pas faire le pain ?

Marike secoua lentement la tête pour dire non.

– Tu voudras des myrtilles dans ta bouillie ?

– Ça m'est égal. Pourquoi habitons-nous dans la forêt hantée tous les deux ?

– Je te l'ai déjà dit cent fois.

– Encore une fois, s'il te plaît.

– Je t'ai trouvée au beau milieu des tormentilles.

– Qu'est-ce que je faisais là ?

– Quelqu'un t'avait posée là.

– Ça alors. Qui donc ?

– Ta mère, je suppose.

– Ça a l'odeur de quoi, une mère ?

– L'odeur du miel, dit Archibald.

– Comment tu le sais ?

– Je m'en souviens.

– Tu m'as trouvée dans les tormentilles. Après tu m'as emmenée dans une maison que tu as fabriquée d'un tour de magie ?

– Non, cette maison, il a fallu que je la construise de mes mains.

– Il y a combien de temps ?

– Il y a maintenant un bon bout de temps.

– Combien de temps ?

Archibald regarda le soleil.

– Je n'ai pas compté les années. Chaque fois qu'il recommençait à neiger, je me disais : « Tiens, encore une année de passée. »

Marike tendit les doigts de la main gauche.

– Comme ça ?

– Plus.

Marike tendit aussi ceux de la main droite.

– Comme ça ?

– Non, pas tant.

Ils se turent et regardèrent le soleil.

Sophie se dirigea vers le ruisseau. Elle manifesta sa mauvaise humeur par un bêlement.

Marike regagna la berge en courant.

Les éclaboussements ne firent qu'exciter la colère de Sophie. Elle baissa la tête, dirigeant ses cornes vers Marike.

Celle-ci sortit de l'eau, se dirigea en sautillant vers le postérieur de Sophie et sauta sur le large dos de la chèvre.

Sophie n'avait nulle envie d'un tel fardeau. Elle se secoua vigoureusement.

Stupéfaite, Marike se retrouva dans l'herbe, au milieu des fleurs.

— Elle ne veut plus me porter, cria-t-elle à Archibald.

— Tu es trop grande, à présent.

— Mais non.

— Tu n'en as pas conscience. Regarde-toi dans l'eau.

Marike se releva et examina son reflet dans l'eau.

— Les filles portent des jupes, s'écria-t-elle. Pourquoi je n'en porte pas, moi ?

— Je ne sais pas comment coudre une jupe.

— C'est facile, je t'assure.

— Pas question.

— Tant pis.

Elle leva le pied et tapa sur la surface de l'eau.

Son image disparut.

Elle partit en courant et s'enfonça dans la forêt.

Lentement, Archibald regagna la rive en faisant jaillir des gerbes d'eau sur son passage.

Il échangea un regard avec Sophie.

– Marike devient une grande fille, tu ne trouves pas ? Elle m'arrive presque aux épaules. Vous jouez toujours ensemble ?

Sophie arracha quelques tormentilles.

Le rire de Marike retentit entre les arbres.

3

Où Marike feuillette le grand livre en pensant à l'homme au chapeau, pendant qu'Archibald prépare des champignons sautés

Des branches brûlaient en grésillant dans un trou de pierres. La graisse d'une oie plumée le jour même fondait dans un grand faitout posé sur les flammes. Des volutes de fumée s'élevaient vers l'ouverture ronde du toit. Archibald coupait des champignons en morceaux et les jetait dans la graisse. Marike était assise à une table à trois pieds.

L'humanité est une farce était ouvert devant elle.

Elle regardait une image représentant Dieu et le Diable.

La barbe de Dieu lui arrivait à hauteur du ventre. Sa tunique blanche lui tombait jusqu'aux pieds.

Dieu ressemblait à Archibald.

Le Diable, lui, avait des dents de renard et des cornes de chèvre.

« Ce vilain Diable, se disait Marike, j'espère ne jamais le rencontrer. »

— L'homme avait peur, déclara-t-elle tout à coup.

— Qui avait peur ? demanda Archibald surpris.

— L'homme au beau chapeau. De quoi avait-il peur ?

— Il avait peur des mauvais esprits de la forêt hantée.

— Il y a des mauvais esprits dans la forêt hantée ?

— Non, il n'y a pas de mauvais esprits dans la forêt hantée.

— Dieu te ressemble, dit Marike.

— On dit plutôt : « Tu ressembles à Dieu. »

— Le Diable a une vilaine tête. On voit bien qu'il aime jouer des tours aux gens.

Archibald eut un petit rire ironique.

Marike huma l'odeur des champignons. Archibald reconnaissait les champignons vénéneux à l'œil nu. Marike, elle, les identifiait à l'odeur.

— J'ai un bon odorat ?

— Tu le sais bien.

— Je veux te l'entendre dire.

— Tu reconnais un renard à l'odeur et tu sais

immédiatement s'il s'agit d'un vieux renard, d'un jeune, ou d'une renarde qui porte des petits.

– Et un méchant renard, ajouta Marike, je le sens même en dormant.

Elle continuait à feuilleter lentement le gros livre. Il n'avait plus de secrets pour elle. Elle connaissait toutes les histoires par cœur. Mille fois, elle avait regardé les images.

– Je sais tout, tout et tout, dit Marike.

– Qu'est-ce que tu sais donc ? demanda Archibald en retirant un champignon du faitout.

– Tout sur les hommes, rétorqua Marike. Quand un roi a des furoncles au derrière, il part faire la guerre pour oublier sa douleur. Souvent, les gens qui ont faim attrapent un curé bien gras, ils le font rôtir à feu doux et s'en délectent.

Archibald agita la main devant sa bouche pour refroidir le champignon qui était brûlant.

– Et tu crois ce genre d'histoires ? demanda-t-il la bouche pleine.

– Bien sûr que je les crois.

– Il ne faut pas. Il faut en rire.

– Où as-tu trouvé ce livre ? Tu ne me l'as jamais dit.

– Il a été écrit par un moine, avec une encre arabe très épaisse. Le moine l'a relié lui-même avec du solide parchemin. C'était un homme étrange.

– Pourquoi était-il étrange ?

– Il avait quitté le couvent.

– Pourquoi avait-il quitté le couvent ?

— Les oiseaux ne choisissent pas de vivre en cage, disait-il, et les oiseaux ne sont pas faits pour prier à longueur de journée. Pourquoi me croire plus malin qu'eux ?

— Je ne sais pas ce que signifie *prier*.

— Et tu viens d'affirmer que tu savais tout.

— Il y a des fois de petites choses que je ne sais pas. Tu l'as connu, ce moine ?

Archibald hocha la tête.

— Il racontait aux gens des histoires étranges. C'est pourquoi on l'appelait « le moine fou ». Il a écrit *L'humanité est une farce* dans la solitude d'une cabane en bois. On y trouve toutes ses histoires. Il ne l'a jamais fait lire à personne. « Ils seraient bien capables de me pendre, se disait-il. Ou de m'écorcher vif, ou de me condamner au bûcher. »

— Qu'est-ce qui est le pire ? demanda Marike.

— Aucun des trois ne me semble bien agréable.

— Où as-tu trouvé ce livre ?

— L'hiver était glacial. Nous étions installés autour d'un bon feu, le moine fou et moi. Je tenais son livre sur les genoux. Il engloutissait des litres de bière, dévorait des poulets rôtis et de grosses miches de pain. Il mangeait bruyamment et n'arrêtait pas de roter. J'ai lu son livre d'un trait, des heures durant. Quand j'ai eu terminé, je lui ai demandé : « Pourquoi as-tu écrit un livre aussi extravagant ? On y lit que les hommes sont fous. Je suis entièrement d'accord, mais de là à le mettre noir sur blanc ! »

– Ce n'est pas un livre extravagant, protesta Marike. C'est un livre magnifique.

– Le moine fou s'est mis à rire et il me l'a offert. Il voulait parcourir le monde et n'avait pas envie de se charger d'un si lourd fardeau.

Archibald se caressa la barbe.

– Je t'ai appris à lire, tu peux t'estimer heureuse.

– Tu ne m'as pas appris à lire. J'ai su lire d'un coup !

– Ne t'ai-je pas appris à écrire ?

– J'ai su écrire d'un coup !

– Tu es drôlement futée, dis donc.

– Lire et écrire, c'est facile. Toi aussi tu sais.

– Tiens, raconte-moi donc une histoire de *L'humanité*, dit Archibald.

Marike ferma les yeux.

Elle commença avec le plus grand sérieux :

– Lorsque Dieu eut créé le ciel et la terre, les océans, les plantes et les animaux, content de lui, il partit se promener. «C'est fait, se dit-il fièrement, les chevreuils ne ressemblent pas à des ours et les ours ne ressemblent pas à des singes, je ne me croyais pas aussi intelligent. Et heureusement, aucun animal ne me ressemble.» Il resta un instant immobile. «N'est-ce pas dommage ? se demanda-t-il. Ne devrais-je pas créer un animal à mon image ? Les oiseaux, les loups, les grenouilles et tous les autres animaux magnifiques s'apercevraient que Dieu n'est finalement qu'un singe pelé. Oui, c'est ce que je vais faire.

Et je l'appellerai "homme". Comment vais-je m'y prendre ?» Dieu réfléchit un moment. Puis, il secoua vigoureusement la tête. «Non, un seul de mon espèce, c'est amplement suffisant. Je ne vais pas créer l'homme. Les animaux n'ont pas besoin de savoir que Dieu a la peau toute blanche, sans rien dessus. »

Archibald se mit à toussoter en pouffant de rire.

– Soulagé, Dieu poursuivit son chemin. Il était entouré de fruits mûrs, éclatants de fraîcheur. Il goûta quelques groseilles. Hum, il eut envie d'en manger davantage. Il avala toutes les groseilles qui se trouvaient sur l'arbuste. « L'appétit vient en mangeant », se dit-il. Il se mit à goûter des pommes, des poires. De temps en temps, il jetait dans sa bouche une poignée de mûres ou de groseilles à maquereau. Un vrai délice ! Cependant, son ventre commença à gargouiller. Il s'accroupit précipitamment près d'un arbre, il lâcha un pet, on aurait dit un coup de clairon.

Archibald mit ses mains devant sa bouche et imita le bruit du clairon.

– « J'ai été trop gourmand », se dit Dieu. Il se retourna. Un sacripant gigotait à ses pieds. Il avait des dents de renard et des cornes de chèvre. « Bon débarras, me voilà soulagé de cette engeance ! » Le sacripant se releva. Ravi, il dit à Dieu : « Je te ressemble. Sans le vouloir, tu as créé l'homme. » « Certainement pas, répliqua Dieu. Tu n'es pas un homme. » « Oh que si ! rétorqua le sacripant. Je parle, je réfléchis, je peux même te chanter une chanson. » « Non, s'écria Dieu, tu n'es pas un homme, tu n'as pas de nombril, tu es le Diable et je t'abandonne à ton triste sort, débrouille-toi, tu n'auras qu'à mendier pour gagner ton pain. » Le Diable, honteux, s'empressa de cacher son ventre sans nombril. Dieu s'envola au ciel.

— Alléluia ! s'exclama Archibald.

— Le Diable errait sur la terre. Il n'y avait rien à mendier. Il s'ennuyait à mourir. Un beau jour, un ange tomba du ciel. Celui-là, comme tous les anges, était une fille. Elle venait de tomber de son nuage. Elle avait glissé tant elle riait pendant que Dieu racontait une histoire. L'ange n'avait que de belles pensées. Lorsqu'il la rencontra, le Diable lui demanda d'un ton fourbe : « Une petite aumône pour un pauvre mendiant, gentille demoiselle ? » « Je ne peux pas vous faire l'aumône, mon brave homme, répondit l'ange. Je vous propose un baiser ? » « Ce n'est pas de refus », dit le Diable. Ils s'embrassèrent. Ils eurent beaucoup d'enfants et c'est pourquoi les hommes sont mi-ange, mi-démon.

— Ah, là là ! fit Archibald.

— C'est fini, dit Marike.

— Tu ne lisais pas, dit Archibald en marmonnant dans sa barbe, tu avais les yeux fermés.

— Je les connais toutes par cœur, ces histoires.

— Tu sais à la fois beaucoup de choses et presque

rien, dit Archibald. Marike, le jour où je mourrai, tu devras suivre le ruisseau. Quand tu seras sortie de la forêt hantée, tu rencontreras des gens. Ne leur révèle jamais que tu sais lire et écrire. Tu leur confieras : « Je suis bête comme mes pieds et j'ai beaucoup à apprendre de vous. »

— Tu ne mourras pas, rétorqua Marike.

— Je ne suis pas Dieu, même si je lui ressemble.

Marike chercha l'image de la foire.

En contemplant les hommes et les bêtes, Marike pensa que rien ne changeait jamais sur cette image. « Le singe n'a pas remis son chapeau sur sa tête, les petits garçons n'ont pas croqué dans le pain, la femme n'a pas reçu une claque sur les fesses et l'ours qui danse est toujours là, la patte en l'air. »

Marike se remémora le voyageur et son beau chapeau.

— Je veux rencontrer tous les mi-anges, mi-démons de ce livre, déclara-t-elle. Ils sentent bon ou mauvais ?

— Ils sont laids et avides.

— Il était très fier de son chapeau. Il a pris ses jambes à son cou. Il avait peur de moi.

— De toi ?

— De moi, répliqua Marike non sans une pointe de fierté.

Archibald se concentra sur les champignons qui mijotaient.

« Je ne peux pas voir s'il sourit ou pas, se dit Marike. Il se cache dans sa barbe. »

Au beau milieu de la nuit, Archibald marchait dans la forêt ; il appela :

– Sophie, où es-tu ?

Nulle part, il n'entendit la chèvre bêler.

– Sophie, ne fais pas la bête. Je t'ai apporté des feuilles de chêne bien tendres.

Silence.

Comme il n'y voyait guère, Archibald se heurta à un arbre.

– Aïe, fit-il.

Il sentit que l'on tiraillait un pan de sa veste.

– Allons, lâche, Sophie, grogna-t-il gentiment.

Sophie lâcha immédiatement.

– Que se passe-t-il ? Voilà que tu obéis maintenant !

Il s'agenouilla près d'elle.

Il distinguait clairement la tête blanche de Sophie.

Archibald se mit à bêler.

Sophie ne réagit pas.

– Tu deviens sourde, ma vieille, lança-t-il.

Sophie ferma les yeux.

– Ton lait est moins riche qu'avant. Et Marike a de plus en plus faim.

Il tira sur la barbichette de Sophie.

– Tu es brave, tu sais, pour une chèvre. Tu n'as jamais rien dit de sensé, ni rien de stupide non plus. La plus grande différence entre nous ? Moi je n'aime pas les feuilles et toi tu n'aimes pas le miel.

Sophie pressa son nez contre celui d'Archibald.

– Avant tu me mordillais souvent le nez, ajouta-t-il.

Il caressa son poil rêche.

Sophie respirait difficilement. Elle ne mordilla pas le nez d'Archibald.

4

Où Marike constate que la queue de Sophie ne bouge plus et où elle écrit une lettre à Archibald

Marike marchait pieds nus sur le sol humide. La corne qu'elle avait aux pieds la protégeait des branchages.

Dans sa cabane en bois, Archibald dormait encore.

Elle leva les yeux vers l'épais tapis que formaient les nuages gris au-dessus des plus hautes frondaisons.

Les rayons perçaient à peine.

Le soleil était bas.

Dans l'herbe, un hérisson était en quête de nourriture.

– Il est encore tôt, dit Marike en s'adressant à lui, j'ai tout mon temps avant d'aller au ruisseau.

Le hérisson s'en moquait.

Marike bêla et s'impatienta.

Sophie ne venait pas à sa rencontre en bêlant à son tour.

– Je finirai bien par te trouver ! lui cria Marike.

Elle sauta d'arbre en arbre, en appelant et en bêlant.

Les oiseaux s'envolèrent à tire-d'aile, les lapins s'engouffrèrent dans leurs terriers.

Quand enfin elle découvrit Sophie, elle fut déconcertée.

Le derrière de Sophie dépassait d'un buisson. Sa petite queue ne remuait pas, elle touchait le sol.

– Je t'ai vue, Sophie, dit Marike à voix basse.

Lentement, elle s'approcha du buisson.

Lentement, elle écarta les branchages.

Sophie était étendue par terre, les pattes raides, les yeux grands ouverts. Des feuilles sortaient de sa bouche.

– Pourquoi tu es morte, Sophie ? demanda Marike.

Elle s'accroupit.

– Tu vas drôlement puer maintenant ! Il va falloir qu'on t'enterre sinon les rapaces te dévoreront, ou bien les renards. Ils sont tous affamés dans la forêt hantée. J'ai déjà vu des chevreuils morts, jamais de chèvre ! T'as pas le droit d'être morte ! Archibald va bientôt se réveiller.

Marike secoua la tête.

– Archibald sans Sophie, gémit-elle. Marike sans Sophie. Plus de Sophie dans la forêt hantée !

Elle tira la chèvre pour la sortir du buisson.

– Tu es lourde, constata-t-elle.

Elle retira les feuilles de sa bouche.

– Un vrai goinfre !

Elle lui caressa la tête.

– Vilaine !

Marike observait Archibald qui dormait.

Il était allongé sur le dos. Par moments, il soufflait dans sa barbe.

– Et maintenant ? fit Marike.

Archibald sursauta dans son sommeil.

– Eh ? fit-il.

– Il faut te réveiller, chuchota Marike. À moins que tu n'en aies pas envie ?

Archibald poussa un soupir. Il ne se réveilla pas.

Marike alla s'installer à la table à trois pieds et ouvrit *L'humanité est une farce.*

Elle eut tôt fait de trouver l'image de la foire.

La chèvre y était représentée juchée sur une caisse, parmi les vaches, les oies et les poules. Comme toujours, elle avait les oreilles et la barbichette plus longues que celles de Sophie. Et comme toujours, une clochette pendait à son cou.

– À la foire, on vend des chèvres, murmura Marike. Et pour en acheter une, il faut des deniers. Il me faut d'abord des deniers. Après j'irai à la foire. J'achèterai une chèvre. Je retournerai dans la forêt hantée et j'offrirai la chèvre à Archibald.

Elle tourna la tête vers le vieil homme, qui dormait toujours.

« Archibald et une autre chèvre, songea-t-elle. Une autre chèvre dans la forêt hantée. Du lait de chèvre, c'est du lait de chèvre ! Une barbichette, c'est une barbichette ! Des cornes sont des cornes ! »

Archibald grommela dans son sommeil.

« Il verra bien que la nouvelle chèvre n'est pas Sophie, se dit Marike, mais il ne le sentira pas, son nez ne lui apprend rien. »

– On peut se souvenir d'une odeur ? chuchota-t-elle.

Archibald ne l'entendit pas.

Elle tira vers elle une feuille de parchemin et trempa la plume d'oie dans l'encre.

Je vais à la foire acheter une autre chèvre, écrivit-elle.

– Voilà qui est fait !

Elle se dirigea vers la malle, souleva le couvercle et saisit ses mules. Archibald les avait confectionnées dans un vieux chapeau en cuir usé. Elle les enfila sur ses pieds mouillés.

Archibald s'écria :

– Ah non !

Elle n'y prêta pas attention, elle savait qu'il parlait souvent dans son sommeil.

Elle fouilla dans la malle. Elle retrouva la petite

brassière sur laquelle était écrit en lettres rouges :
« Prenez soin de Marike. »

« Ma mère, pensa-t-elle avec fierté, sait écrire, comme moi. »

Elle reposa la brassière dans la malle et but une gorgée de lait de chèvre à même le pichet.

« Sophie est morte, se dit-elle, mais je peux encore boire son lait. »

L'idée lui sembla étrange.

« Ce n'est pas le moment de pleurer ! »

Elle embrassa Archibald sur le front et quitta la cabane en bois.

« Marchons, se dit Marike. Marchons le long du ruisseau. Marchons sans nous retourner. Marchons sans rêvasser. Marchons sans nous arrêter, pas même pour faire pipi. »

Quand le soleil eut atteint son point culminant, elle fit une pause.

« Archibald est en train de creuser un trou », pensa-t-elle.

Elle jeta un regard autour d'elle.

Une chouette vola lentement en direction d'un arbre chétif, se posa sur une branche, replia ses ailes contre son corps et ferma ses yeux ronds pour se protéger de la lumière du jour qu'elle détestait.

« Les arbres sont très éloignés les uns des autres. Une chouette est réveillée en plein jour. Où suis-je ? » se demanda-t-elle. « Tu es dans la forêt hantée », se répondit-elle. « Et pourtant, je ne sais pas où je suis », songea-t-elle.

Elle s'accroupit, baissa ses culottes pour faire pipi.

Deux écureuils la regardaient.

– Je ne vous connais pas, leur dit-elle.

Quand elle eut relevé ses culottes, elle se demanda : « Je retourne chez Archibald, ou pas ? »

« Non. »

Et elle reprit sa route.

Elle avait marché longtemps. À présent, la forêt hantée n'était plus la forêt hantée. Le ruisseau ne ressemblait pas au ruisseau dans lequel elle se lavait les pieds tous les matins. Les arbres ne ressemblaient pas aux arbres qui entouraient la maison de bois. La queue des lapins qui s'enfuyaient ne lui inspirait pas confiance.

5

Où Marike fait la connaissance
de la veuve noire et où un petit garçon
présente son ventre sans nombril

Marike cheminait sur une route de campagne qui n'en finissait plus. Le paysage vallonné s'étendait à perte de vue. La route serpentait le long de petites collines et de vallées peu profondes.

Elle avait les larmes aux yeux à force de scruter l'horizon, et à respirer l'air pur, elle avait le nez bouché.

Le monde était plus vaste qu'elle ne se l'était imaginé.

Quant à elle, jamais elle ne s'était sentie si petite.

Au loin, les nuages semblaient toucher la terre.

Où étaient donc les femmes et les hommes, les enfants et les cochons, les oies et les poules ?

Les oiseaux volaient haut dans le ciel.

« Les oiseaux sont minuscules », se dit Marike.

Elle était fatiguée.

Elle allait droit devant elle, mettant machinalement un pied devant l'autre.

Dans la cour, entre une petite maison et une grange, la veuve noire remuait une sorte de mixture noirâtre qui cuisait à gros bouillons dans une lessiveuse. À l'aide d'un grand bâton, elle brassait rageusement chemises, jupes, chausses et bonnets.

La fumée sale se mêlait à la vapeur grise.

La veuve noire respirait difficilement. Son visage et ses mains étaient creusés de sillons noirs. Ses cheveux se dressaient raides et noirs de teinture séchée. Ses lèvres, le bout de son nez et ses ongles étaient noirs, comme sa jupe et son gilet.

Les vêtements dans la lessiveuse devenaient de plus en plus lourds. Elle peinait à les remuer.

– Tu te fais vieille ! fit-elle d'un ton hargneux.

Elle posa le bâton contre le récipient et se dirigea vers l'arrière de la maison.

Dès qu'elle l'aperçut, la chèvre noire baissa la tête.

– Demain, Gustav t'emmènera à la foire, lui lança la veuve noire. Tu ne donnes plus suffisamment de lait. Il se trouvera bien un vieux fou assez ivre pour acheter à bon prix une vieille bique mal en point.

La chèvre noire reniflait une maigre touffe d'herbe.

— Qu'est-ce qu'il y a, bêtasse, dit-elle en élevant la voix, tu préfères peut-être que je t'abatte ?

La chèvre noire ne releva pas la tête.

— Tes jours sont comptés.

La chèvre bêla tristement.

— Bon, on verra ça plus tard !

Dans la grange, Jean des Rats entendit le bêlement triste de la chèvre.

« Pauvre bête, se dit-il, elle a perdu l'appétit. Et moi qui suis prisonnier, je ne peux rien pour elle. »

Il examina l'anneau de fer qui enserrait sa cheville droite. Excepté quelques taches de rouille, le lourd cadenas était tout noir.

Un jeune raton flairait le cadenas.

— La clé se trouve autour du cou de la veuve, dit Jean des Rats. Tu vas la chercher ? Je t'en serai éternellement reconnaissant.

Le jeune raton, trottinant sur la chaîne, alla jusqu'au crochet fixé au plancher. Il le renifla comme si sa vie en dépendait. Quand il eut flairé tout son soûl, il se dressa sur les pattes de derrière, laissa retomber ses petites pattes de devant sur son ventre et lança un regard étonné à Jean des Rats.

— On n'y peut rien. Elle est persuadée que je suis le fils du Diable !

Le jeune raton continuait à le regarder du même air.

— Elle a découvert que mon nombril avait disparu.

C'est bien embêtant. Elle croit que le Diable est un petit frère de la peste noire. Et avec la peste noire, on ne plaisante pas.

Il examina les croûtes sanguinolentes autour de sa cheville.

– Si j'étais vraiment le fils du Diable, ma cheville ne me ferait pas autant souffrir.

Le jeune raton en avait assez entendu, il disparut dans la paille.

Dehors, on entendit la chèvre bêler encore une fois.

« Au temps où elle était blanche, elle était heureuse », pensa Jean des Rats.

Il perçut un bruissement dans la paille.

De temps en temps, un rat pointait le bout de son museau, il l'agitait en regardant Jean des Rats, puis s'empressait de disparaître.

Jean des Rats ignorait si les rats couinaient ou grognaient, leurs petits cris se situaient entre les deux.

La porte de la grange craqua. La cage en planches fut inondée de lumière.

– Si j'en vois un seul, cria la veuve noire, tu n'auras rien à manger.

– Filez vite, souffla Jean des Rats.

Les rats disparurent en un clin d'œil.

La veuve noire apparut derrière les planches. Sa tête dépassait tout juste.

Jean des Rats tressaillit à la vue de ses lèvres noires et de ses yeux perçants.

— Bonjour, ma tante, dit-il.

— Mais on dirait que tu as grossi, saperlipopette !

— Il me serait difficile de maigrir davantage !

— Insolent, comme le Diable, hein ? Tu es son fils, je n'y peux rien. Relève ta chemise.

— Le Diable n'est pas mon père. Mon père est un gitan et ma mère était très amoureuse de lui. Elle est morte à présent. Je pense à elle tous les jours.

D'un geste lent, il souleva sa chemise.

— Le Diable a embrassé ton ventre sans nombril. Ça se voit. Si je ne le regarde pas tous les jours, je n'ai pas de répit.

Jean des Rats baissa les yeux sur son ventre.

À la place du nombril, il avait une grosse cicatrice. Comme si une bête d'un rose clair était collée à sa peau.

— La nuit, elle me démange. Dieu agit de son mieux pour faire de ma cicatrice un nombril.

La veuve noire poussa un cri d'épouvante, elle joignit les mains et leva les yeux vers le toit de la grange.

— Ne l'écoutez pas, doux Jésus, s'écria-t-elle. Vous savez que le Diable a séduit ma sœur dans son sommeil. Elle me l'a dit. Elle m'a raconté qu'elle avait fait un mauvais rêve dans lequel apparaissait une foule de gnomes crachant le feu. Doux Jésus, le fils du Diable est mon neveu, venez en aide à votre pauvre servante.

Jean des Rats haussa les épaules.

La veuve noire baissa les bras, observa Jean des Rats et cligna d'un œil.

– C'est bien parce que tu es le fils de ma sœur, sinon il y a longtemps que je t'aurais jeté dans le feu sacré.

Elle tourna les talons et s'éloigna en clopinant.

Des volutes de fumée noire montaient d'une vallée aux arbres dénudés. Marike s'arrêta.

« Là où il y a de la fumée, se dit-elle, il y a des gens. »

Elle descendit la colline sans se presser.

« Qui sait, se dit-elle, la mère de l'homme au beau chapeau est peut-être en train de faire son pain. J'aimerais bien respirer l'odeur du pain frais. Et le goûter aussi. L'homme aura-t-il peur en me voyant ? »

Elle passa le long des arbres nus.

Pas un oiseau ne chantait, pas un écureuil ne sautait de branche en branche.

Elle sentit une odeur à la fois irritante et âcre.

Jean des Rats se tenait derrière l'entrebâillement de deux planches. Il contemplait les arbres nus. Il contemplait le ciel et les oiseaux.

Ratoune était perchée sur son épaule.

– Tu as trop de petits, Ratoune.

Celle-ci se dressa et renifla l'oreille de Jean des Rats.

– Les hommes n'aiment pas les rats. Beaucoup de tes frères, de tes sœurs et de tes petits sont noyés ou assommés à coups de bâton.

Ratoune lui mordilla le lobe de l'oreille.

– Oui, Ratoune, tu es futée, ils ne t'attraperont pas, toi. J'aurais bien aimé t'apprendre à parler. Tu as déjà mis le nez dehors aujourd'hui ?

Le petit rat secoua la tête. Il ne sortait que quand Jean des Rats dormait.

– Tu vois ce que je vois ? demanda-t-il soudain.

Ratoune émit une sorte de couinement.

– Que fait ce garçon ici ?

Ratoune renifla autour d'elle.

– Quand la veuve noire remarquera sa présence, ce sera trop tard.

Ratoune leva le museau.

– Il a vu la maison et la grange. Il a faim. Si je l'appelle, ma tante va m'entendre.

Marike contemplait la petite maison, la grange et le chaudron à teinture. Elle se boucha le nez.

Une chèvre bêla derrière la petite maison.

« Eh, se dit Marike, j'ai déjà trouvé une chèvre ! »

Elle se dirigea tranquillement vers la petite maison. Près de la lessiveuse, elle retira sa main de devant son nez. Elle renifla la mixture qui bouillonnait.

– Beurk, fit-elle. Ça sent le rat mort.

Elle avança dans la cour.

Derrière la petite maison, elle découvrit une chèvre noire.

– Tu es une chèvre de rien du tout.

La chèvre leva la tête.

Marike s'accroupit devant elle.

– Tu ne m'as pas l'air en forme, toi. Tu as la même odeur que cette espèce de mixture dans la grosse marmite.

La chèvre l'observait.

– Je vais t'acheter. Je te conduirai chez Archibald. Tu es blanche. De très près, tu sens la chèvre.

La chèvre poussa un faible bêlement. Marike l'entendit à peine.

– Bientôt tu seras dans la forêt hantée, lui chuchota-t-elle à l'oreille. Je te laverai dans le ruisseau. Tu t'amuseras toute la journée.

La chèvre pressa sa tête contre celle de Marike.

Le silence fut bientôt rompu.

– Qu'est-ce que tu fabriques dans ma cour ? lança une voix criarde.

Marike tomba à la renverse de surprise.

– Tu es venue dépouiller une pauvre veuve ?

Marike se releva et, furieuse, elle se retourna.

Un être tout de noir vêtu l'observait, l'œil luisant.

– Tu n'as pas de barbe et tu portes une jupe, dit Marike. Tu es une femme.

– Je suis la veuve noire.

– Tu n'as pas l'air aimable. Pourquoi cet air méchant ? Je te fais peur ? Tu n'as rien à craindre, tu sais.

– Peur de toi ? siffla la veuve noire entre ses dents. Tu crois vraiment que tu me fais peur ?

Elle inspira profondément.

– Non mais, qu'est-ce que tu t'imagines ? hurla-t-elle d'une voix tonitruante.

Marike faillit tomber une seconde fois à la renverse.

Elle se ravisa : « Non, se dit-elle, je ne vais pas lui demander si elle est ma mère. »

– Pourquoi tu cries ? Je suis juste devant toi.

– Tu as une tête de satyre. Tu es un oiseau de malheur. Tu as un père et une mère au moins ?

Marike secoua la tête.

– C'est bien ce que je pensais. Tu es un de ces petits monstres de la nuit. Tu t'es laissé surprendre par le jour et maintenant tu es perdue.

– Je veux acheter la chèvre.

– Pourquoi veux-tu cette chèvre ?

– Je veux l'amener à Archibald. Tu pourrais me donner des deniers ? Sans deniers, je ne peux pas acheter de chèvre.

– Des deniers, hurla la veuve noire. Tu me demandes des deniers ? Tu es entrée dans ma cour avec tes sales pattes de lièvre et en plus tu voudrais acheter ma chèvre avec mes propres deniers ?

– C'est ça, répliqua Marike.

– D'où sors-tu, de quel trou noir ?

– Je viens de la forêt hantée.

La veuve noire se signa en toute hâte.

– Dieu du ciel. La forêt hantée. La demeure du Diable !

Elle avait les yeux fixés sur Marike.

– Qu'est-ce que tu faisais dans la forêt hantée ?

— Je jouais avec Sophie et je bavardais avec Archibald, je courais d'arbre en arbre et je lisais *L'humanité est une farce*.

— Doux Jésus, protégez-nous ! Une petite sorcière ! Une véritable petite sorcière. Lire ! Qui t'a appris à lire ? Le Diable en personne ?

— J'ai su lire d'un coup. Et j'ai su écrire d'un coup aussi. Archibald dit que c'est lui qui m'a appris.

— Archibald. Il t'a fait croire qu'il s'appelait Archibald ?

Marike comprit qu'elle venait de dire une bêtise. Archibald lui avait bien recommandé de ne jamais révéler qu'elle savait lire et écrire. Elle devait prétendre qu'elle était bête comme ses pieds.

— Je vais te le dire, moi, le vrai nom d'Archibald.

— Je suis bête comme mes pieds, s'empressa d'ajouter Marike.

— Son vrai nom, c'est Belzébuth. Le père de tous les maux. Ton père, n'est-ce pas ? Montre-moi ton nombril.

— Pas question !

— Ta mère, mon enfant, était une chienne de Satan.

— Je ne sais pas qui sont mon père et ma mère. Donne-moi des deniers. Je veux acheter la chèvre. Je sais qu'elle n'est pas noire, elle est blanche. Je l'ai senti. Pourquoi tu l'as teinte en noir ?

— Un nez de sorcière, hein ?

Elle empoigna brusquement Marike par la taille et la souleva très haut.

– Pourquoi tu fais ça ?

– Tu es l'enfant du Diable.

Marike n'y comprenait rien. Les yeux de la veuve noire semblaient vouloir la réduire en cendre.

– Tu veux voler notre âme et la vendre au Diable, hurlait-elle. Tu veux que nous brûlions dans les flammes pour l'éternité. Où se trouve ta marque ? Tu as combien de doigts ? Combien d'orteils ? Quand j'aurai trouvé ta marque, je te ferai rôtir sur le bûcher le plus brûlant de tous les temps.

– Mais de quoi tu parles ? demanda Marike.

6
Où Marike se trouve en compagnie d'une multitude de rats et où elle se glisse sous une montagne de vêtements noirs

Dans la pénombre de la grange, Marike était assise dans de la paille qui la démangeait. Elle avait les mains et les pieds liés et le menton qui lui touchait presque les genoux.

« Quelles sont toutes ces odeurs ? se demanda-t-elle. Je suis vraiment très loin de la forêt hantée ! »

Un énorme coup de tonnerre retentit.

L'espace d'un instant, une lumière aveuglante passa à travers les jours de la porte. Marike eut juste le temps d'apercevoir un seau noir, des manches noirs surmontés de deux piques et des paniers noirs.

Quelques instants plus tard, la pluie tambourinait

sur le toit de la grange. Peu après, Marike sentit les gouttes qui filtraient à travers les fentes lui tomber sur la tête.

Elle ferma les yeux.

Elle songeait à la pluie sur la cabane en bois dans la forêt hantée. À la pluie dans le ruisseau et sur les arbres. À la pluie sur Archibald et sur sa barbe mouillée. À la pluie sur Sophie et sur sa barbichette trempée.

Marike aimait plus que tout les grosses averses dans la forêt hantée.

En été, elle adorait rester sous la pluie.

En hiver, elle se réfugiait dans son lit, sous les fourrures.

Les nuits de tempête, elle écoutait Archibald lui raconter des histoires durant des heures. Une nuit, alors que, emmitouflé dans des peaux à poils longs, il était installé dans son fauteuil fait de branchages, la pluie entra à verse par l'ouverture du toit et tomba tout droit dans le trou de pierres. Le feu s'éteignit en grésillant. Les gouttes de pluie frappaient sur le toit. La voix grave d'Archibald lui semblait très proche dans la pénombre. Quand un éclair illumina toute la pièce, il déclara :

— Tu viens d'entendre l'un de ces fameux dieux des temps jadis. Il veut nous faire comprendre qu'il est toujours là et qu'il s'amuse comme un fou.

Mais l'averse qui sévissait dans la vallée de la veuve noire n'avait rien d'amusant.

Les gouttes qui tombaient faisaient comme de petites piqûres sur la tête de Marike. Les éclairs cherchaient à l'atteindre.

Près de ses pieds, elle perçut une sorte de couinement qui ressemblait à un grognement.

– Où es-tu ? demanda-t-elle.

Un petit animal gris, qu'elle ne connaissait pas, pointa son museau.

– Hé, qui es-tu ?

Le petit animal releva la tête.

– Tu n'es pas une belette, ni un lapin, ni un lézard, pas non plus une grosse chauve-souris.

Le petit animal grimpa sur ses pieds, il remonta le long de sa jambe droite jusqu'au genou en ne cessant de la renifler.

– On ne peut pas dire que tu sois joli !

Le petit animal gris émit son espèce de couinement.

– Et quand tu couines, on dirait que tu grognes. Tu vas me mordre ? Attention, je mords aussi !

Marike remarqua que ses yeux brillaient.

– Je suis contente que tu sois là, mais tu ferais mieux de ne pas t'occuper de moi. Je suis très méchante. Je suis une petite sorcière. Une enfant de Satan. C'est pourquoi la veuve noire m'a attachée. Demain, elle me fera rôtir. Archibald ne m'a jamais dit que j'étais une méchante petite sorcière, ni que son vrai nom était Belzébuth.

Le petit animal gris se laissa glisser à ses pieds, il

flaira la corde. Marike entendit une petite voix aiguë demander :

– Qui es-tu ?

Elle tourna la tête. Elle distingua dans la pénombre un visage d'une grande pâleur. Il dépassait tout juste de la paroi de bois. Ce ne fut qu'au bout d'un moment qu'elle remarqua la couleur de ses cheveux qui tirait sur le roux.

– Je ne suis pas dans une position très confortable. Tu pourrais me détacher ? Au fait, qui es-tu ?

– Je m'appelle Jean.

– Moi, c'est Marike.

– C'est un nom de fille !

– Je suis une fille.

– Ah ?

– Pourquoi *ah* ?

– J'ai cru… un garçon.

– Non.

– Tu as les cheveux courts.

– Oui, Archibald me les coupe très court. Les tiens sont roux. Je ne savais pas qu'on pouvait avoir les cheveux roux.

– Tu portes des culottes longues.

– En peau de lièvre. Pas mal, hein ? Viens ici et défais-moi cette corde.

– Je suis enchaîné.

– Pourquoi ?

– J'ai une jambe enchaînée. Tu as peur de Ratoune ?

– Qui est-ce ?

– Elle, là, à tes pieds.

– Oh ! elle s'appelle Ratoune. Non, je n'en ai pas peur. Je ne connais pas ce petit animal.

– Vraiment ? C'est un rat. Une femelle.

– Aïe, un rat ! J'ai lu quelque chose sur les rats.

– Tu sais lire ?

– Ça t'étonne ?

– Non.

– Je sais écrire.

– Ah !

– Ça t'étonne ?

– Non.

Les gouttes tombaient à présent sans interruption, comme s'il pleuvait à l'intérieur. Ratoune s'abrita sous le genou de Marike.

– Elle est maligne, Ratoune, fit-elle.

– Qui t'a appris à lire et à écrire ?

Marike se tapa plusieurs fois le front contre le genou.

– Je suis bête !

– Bête ?

– J'ai encore dit que je savais lire et écrire. Ce n'est pas vrai, tu sais. Je suis bête comme mes pieds.

– Non.

– Non ?

– Tu n'es pas bête.

– Dis-moi, Jean, la veuve noire, c'est ta mère ?

– Non. On m'appelle Jean des Rats.

– Joli nom !

– La veuve noire est ma tante.

– Quelle idée d'enchaîner son propre neveu !

– Je n'ai pas de nombril.

– Aïe !

– Pourquoi tu dis *aïe* ?

– Le Diable n'a pas de nombril.

– Comment le sais-tu ?

– Dieu a fait un pet qui a retenti comme un coup de clairon. Le Diable est né juste à ce moment-là. C'est pourquoi il n'a pas de nombril.

Jean des Rats écarquillait les yeux.

– Tu ne le savais pas ? lui demanda Marike.

– Non ! Dieu ne pète pas.

– Oh si, je t'assure ! C'est écrit dans *L'humanité est une farce*. Tout ce qui y est écrit est vrai.

– Avant, j'avais un nombril. Un jour, le garçon de ferme m'a planté sa faux dans le ventre. J'étais par terre, j'ai cru que j'étais coupé en deux. Pendant des semaines, ma mère a mâché des herbes médicinales. Pendant des semaines, elle m'a appliqué sur le ventre une bouillie faite de ces herbes. J'avais la fièvre. Elle était tout près de moi. Maintenant, elle est morte.

– Quelle belle histoire !

– Ce n'est pas une histoire. C'est vrai !

– Demain, on va peut-être me faire rôtir. Parce que je suis une méchante petite sorcière et parce que Archibald ne s'appelle pas Archibald, mais Belzébuth.

– Non, personne ne te fera rôtir.

– Ta tante me l'a dit.

– Si je t'aide, tu partiras. Je serai seul de nouveau.

– Viens avec moi.

– Ils ne peuvent pas ronger le fer.

– Qui ?

– Les rats.

– La corde, si ?

– Oui, s'ils veulent bien.

– Quand est-ce qu'ils voudront bien ?

– Pas maintenant. Peut-être tout à l'heure.

– Ça dépend de quoi ?

– De moi. Je ne veux pas que tu partes.

– Tu veux que je reste et que demain on me fasse rôtir ?

– Ce n'est pas ce que je veux non plus.

– Il faut choisir.

Jean des Rats porta deux doigts à sa bouche et siffla.

– Allez-y, les gars !

Quelques secondes plus tard, Marike vit les rats accourir.

Certains passaient sous la balustrade ou se faufilaient entre les fentes du plancher. D'autres se secouaient tout en bâillant pour se débarrasser des brins de paille. Ils reniflaient, poussaient des couinements qui ressemblaient à des grognements et s'approchaient de Marike en trottinant.

Ils rongèrent la corde autour de ses mains.

Ils rongèrent la corde autour de ses pieds.

– Eh, s'écria Marike, ils sentent la…

– Ils sentent la quoi ?

– … la crotte séchée. Ce n'est pas grave. Même les animaux sales peuvent être très gentils. Pourquoi elle est morte, ta mère ?

– La peste.

– La peste ?

– La peste noire.

Marike fut parcourue d'un frisson.

Les rats se chamaillaient.

– Arrêtez de vous disputer, dit Marike.

– Où est ta mère ? demanda Jean des Rats.

– Je voudrais bien le savoir. Je sais seulement qu'elle a écrit quelques mots sur ma brassière.

– Ta brassière ?

– Est-ce que ta mère a déposé un bébé au beau milieu des tormentilles en fleur ?

– Non, ma mère n'a jamais fait une chose pareille.

– Dommage !

– Pourquoi *dommage* ?

– Maintenant, je sais que tu n'es pas mon frère.

– Oui, c'est dommage.

– Tu as des frères et des sœurs ?

– Non. Mes cousins, mes cousines et mes oncles sont morts. Et presque toutes mes tantes.

C'était au cœur de la nuit. La pluie avait cessé.

Marike avait rejoint Jean des Rats dans sa cage. Elle avait empilé plusieurs seaux afin d'escalader la balustrade.

Elle avait les pieds libres, elle avait les mains libres.

Des rais de lune filtraient à travers les fentes.

La lumière de la lune éclairait la cicatrice de Jean des Rats.

— Pas de nombril, ça veut dire pas de nombril du tout, chuchota Marike, mais toi, tu as un drôle de nombril, il est très grand. Quand je verrai la veuve noire, je le lui dirai.

— Tu ne la reverras pas, murmura Jean des Rats.

Il laissa retomber sa chemise.

— Demain, tu seras partie. Tu grimperas dans la charrette de Gustav.

— Et toi ?

— Moi, je reste ici. Toi, tu vas chercher de l'aide.

— Oui, oui, chuchota Marike. Il faut retirer l'anneau de ta cheville. Dès que j'aurai trouvé quelqu'un pour m'aider, je reviendrai.

— Il faudra quelqu'un de costaud.

— Je trouverai, répondit Marike à voix basse.

— Pourquoi tu parles tout bas ?

— Parce qu'il fait nuit.

— Je ne dors jamais la nuit.

— Tu dors le jour ?

— Non.

— Quand est-ce que tu dors ?

— Parfois, juste un petit moment, c'est tout.

Marike leva la main droite et tendit les doigts.

— Je suis plus grande que ça.

Elle en fit autant de la main gauche.

– Je suis moins grande que ça. Et toi ?

– Je ne sais pas. Je suis bête. Je ne sais rien. Toi, tu sais tout, hein ?

– Presque tout.

– Dis-moi quelque chose que tu sais.

– Assieds-toi.

Jean des Rats se laissa glisser sur le plancher. Les chaînes tintèrent.

Marike s'assit en tailleur en face de lui.

– Ah ! je vais te raconter une histoire. Je l'ai lue dans *L'humanité est une farce*.

– Tu as le nez tout noir.

– J'ai toujours le nez noir. Je ne sais pas pourquoi. Pourtant je ne fais rien de particulier. Je grimpe aux arbres. Je respire l'odeur des feuilles. Toute la journée, mon odorat est en éveil. Tu aimes le lait de chèvre ?

– Pas quand il a trois jours. Raconte !

– Ah oui… C'étaient un roi et une reine. Ils ne pouvaient pas avoir d'enfant. La reine pleurait à longueur de journée. « Pourquoi les pauvres, dans leurs taudis, ont-ils toute une flopée de petits, alors que moi je n'en ai pas un seul ? se lamentait-elle. C'est injuste ! D'ailleurs, les pauvres préféreraient avoir moins d'enfants. » Un jour, une méchante sorcière lui fit boire une potion magique. Elle avala le flacon d'un trait et, peu de temps après, elle donna naissance à un fils. Mais ce fils était un singe.

– Un quoi ?

– Un singe.

– Qu'est-ce que c'est ?

– Tu ne le sais pas ?

– Ben non ! Sinon je ne te le demanderais pas.

– Un singe, c'est comme un petit être humain, mais avec beaucoup de poils. Il y en a un à la foire, il est perché sur l'épaule d'un Maure. Il ôte son chapeau. Maintenant écoute, sinon je vais perdre le fil. Le prince était un singe. Le roi et la reine regrettaient que leur fils soit couvert de poils et qu'il ait de si grandes oreilles. « Regarde, s'exclama la reine, il a une queue. » « Et ce n'est pas tout, répondit le roi. Ses orteils sont beaucoup trop grands ! » Ils expliquaient à leurs domestiques : « Voici le prince. Il sort d'une grave maladie. » Les chevaliers, les boulangers, les conseillers, les lavandières et les jeunes filles qui passaient les bassinoires dans les lits, tous s'inclinaient devant le petit singe. Ils se disaient : « C'est le fils du roi, un vrai prince. » Dès lors, tous trouvèrent que leurs enfants n'étaient pas beaux avec leur peau glabre. Un conseiller apostropha son fils, il lui demanda : « Quand tes oreilles vont-elles enfin pousser ? Et ta queue ? »

Jean des Rats avança la tête.

Marike fit de même.

Leurs nez, à un poil près, se touchaient presque.

– Le prince, devenu jeune homme, mangeait toujours avec ses pieds. Le personnel du château s'efforçait de faire comme lui. Le roi et la reine en moururent de chagrin. Le prince devint roi. Le royaume était désormais gouverné par un singe affublé d'une couronne. Eh bien, à ton avis, que se passa-t-il ?

— Je n'ai pas d'avis, j'écoute.

— Les hommes ne partirent plus se battre, le roi singe ignorait tout de la guerre. Plus aucune peine capitale ne fut signée, le roi singe ne savait pas écrire. Si l'un de ses conseillers lui suggérait une idée, il hochait la tête pour dire oui. Le conseiller, fier comme un paon, se disait : « J'ai dit quelque chose d'intelligent. » Le roi était adulé par ses sujets. Quand il mourut, ils furent inconsolables. « Un si bon roi, se lamentaient-ils, jamais plus nous n'aurons un roi comme lui. » On le surnomma « le Sage ». Fini !

Jean des Rats se taisait.

— Hé, fit Marike, tu m'écoutes ?

Il l'observait.

À la faible lueur de la lune, Marike entrevit son visage.

— À toi maintenant de raconter une histoire.

Jean des Rats baissa les yeux, il regardait la paille.

— Tu ne connais pas d'histoires ?

— Je ne sais rien des rois et des singes, de la foire et des bassinoires pour chauffer les lits. Je sais tout de la peste noire.

— La peste noire. Qui c'est ?

— On ne la voit pas, on ne l'entend pas. Quand elle n'est pas loin, tu la sens qui te guette.

– Raconte.

– Non. J'ai dit son nom. Cela suffit. Si tu ne prononces jamais son nom, elle pénètre sournoisement chez toi. C'est la petite sœur du Diable.

– Tu sais, je reviendrai. Promis ! Et je t'emmènerai dans la forêt hantée…

– La forêt hantée !

– Là où j'habite.

– Dans la forêt hantée, il y a de mauvais esprits.

– Dans la forêt hantée, il y a Archibald et moi et des animaux, des gentils et des méchants. Ne t'en fais pas ! Tu nous raconteras tout ce que tu sais sur la peste noire. Archibald adore les histoires.

Jean des Rats poussa un soupir.

– Tu ne sais rien de la peste noire qui sème la mort.

– La mort, si. Sophie est morte.

– Qui est Sophie ?

– Notre chèvre blanche. Votre chèvre n'est pas noire, elle est blanche. On l'emmènera avec nous.

– Comment sais-tu qu'elle est blanche ? demanda Jean des Rats, surpris.

Marike, de son doigt, tapota le bout de son nez tout noir.

– Je le sens.

Jean des Rats se leva, il alla se caler dans un coin de la cage et regarda ses pieds.

« On dirait un petit oiseau tombé du nid », pensa Marike.

Les rats sortirent de la paille et accoururent vers lui.

Il ne leur prêtait pas attention.

Les rats ne comprenaient pas, ils rouspétaient en poussant de petits grognements.

« La peste noire ! Je ne savais pas que le Diable avait une petite sœur », se dit Marike.

– Je n'ai pas eu de mal à trouver des vêtements, beugla Gustav. Les gens ont toujours peur du Diable et de la peste noire !

Il fouillait dans sa charrette et lançait à la veuve noire des chausses, des jupes et des bonnets colorés.

Elle les attrapait et les jetait dans un grand panier.

– N'empêche que tes chausses et ta tunique ne sont pas noires.

– La peste noire ne s'attaque pas aux poivrots.

Il bondit hors de sa charrette.

– C'est tout pour aujourd'hui !

Il souleva un panier rempli de vêtements noirs.

À travers une large fente, Marike, en clignant d'un œil, guettait ce qui se passait dehors.

Elle aperçut la mule. Elle avait tant de plaques sur les flancs que Marike ressentit des démangeaisons sur tout le corps.

Elle aperçut l'homme gros et balourd. Il était en train de vider un panier de vêtements dans sa charrette.

– Tout à l'heure, dit Jean des Rats, ils vont porter

le linge de couleur à l'intérieur. Pendant qu'ils seront dans la maison, tu sortiras vite de la grange, tu courras à la charrette et tu te glisseras sous le tas de vêtements.

– Beurk, je vais mourir dans cette puanteur !

– La veuve noire ne viendra pas dans la grange avant l'après-midi. Tu seras déjà loin.

– Qu'est-ce qu'elle viendra faire dans la grange ?

– M'apporter un quignon de pain.

– Du pain frais ?

– T'es… euh ?

– Je suis… euh ?

– Tu es bête et futée à la fois, hein ?

La veuve noire et Gustav portaient chacun un panier rempli de vêtements de couleur.

Jean des Rats se pencha vers Marike.

– Elle va lui servir une assiette de bouillie, murmura-t-il. Généralement, une bouchée lui suffit. Il faudra faire vite.

De sa voix d'ivrogne, Gustav avait entonné une chanson qui résonna dans la cour.

– Ne crois pas que je vais te donner à boire, lui cria la veuve noire. Pas une goutte !

Elle disparut dans la petite maison.

Jean des Rats s'adossa à la cloison, il entrecroisa les doigts.

– Qu'est-ce que tu fais ? demanda Marike.

– Je te fais la courte échelle. Monte et grimpe par-dessus la paroi en bois.

— Tu es drôlement futé, toi !

Elle se hissa sur les mains de Jean des Rats qui lui servirent d'étrier pour escalader la paroi.

— Et maintenant, cours ! lui cria Jean des Rats de derrière les planches.

Marike se précipita vers la porte de la grange et se faufila à l'extérieur. Puis, d'un bond, elle fit demi-tour et s'approcha de l'entrebâillement entre les deux planches.

— Gagné ! dit-elle.

L'œil derrière la fente était grand ouvert.

— Allez, file !

— Je reviendrai. Elle ne va pas te faire griller au moins ?

— On ne sait jamais, répliqua Jean des Rats avec un petit rire. Va, fais vite.

Marike courut jusqu'à la charrette, se hissa sur une roue et sauta à l'arrière. Elle jeta un coup d'œil autour d'elle et plongea tout entière dans le tas de vêtements.

C'était comme si elle était enfouie sous des centaines de souris mortes.

7

Où Marike rêve de la forêt hantée,
de l'homme au beau chapeau et
où Gustav lui permet de s'asseoir à côté
de lui, à l'avant de la charrette

Marike dormait.

Elle ne rêvait pas de la veuve noire, ni de la grange sombre, ni de cordes aux pieds et aux mains. Elle rêvait de la forêt hantée.

Finis les relents de souris mortes !

Elle respirait la fraîcheur du ruisseau, les senteurs lourdes des feuilles en décomposition, l'odeur forte de la bouillie au lait de chèvre.

Elle revoyait Sophie.

Celle-ci frottait ses cornes contre un arbre.

Il y avait un intrus dans la forêt hantée.

C'était l'homme au beau chapeau. Il chantait faux, d'une voix éraillée.

« Archibald chante mieux que lui », se dit Marike.

Sophie n'avait pas envie d'écouter ce chant, elle s'éloigna en balançant de la croupe.

Marike secoua la tête et son rêve s'évanouit.

Elle était allongée sous un tas de chiffons qui empestaient. Elle se dégagea.

Elle fut surprise par la lumière aveuglante du jour.

Elle se trouvait dans une charrette que tirait une mule couverte de plaques. Elle gravissait une colline.

Tout cela lui semblait bien plus étrange que son rêve.

Gustav était assis à l'avant. Il chantait faux, d'une voix éraillée. Le soleil était haut dans le ciel.

Marike comprit que la matinée était finie, mais que l'après-midi n'avait pas encore commencé.

La charrette passa sur une ornière. Marike tomba à la renverse et se cogna la tête.

– Aïe ! fit-elle.

Gustav lança un regard par-dessus son épaule. Il n'eut pas l'air surpris de la trouver là.

– Tu n'as rien vu, s'écria Marike. Je ne veux pas retourner chez la veuve noire.

– Tu es un drôle de numéro, toi !

– Tu ne me remmènes pas chez elle ?

– Pourquoi le ferais-je ? Tu as le bout du nez tout noir.

– Le tien est violet.

Gustav éclata de rire.

– On m'appelle Gustav le Poivrot. Non sans raison. Des fois, je suis plus soûl qu'une mouche dans une cuve pleine de vin. Viens donc t'asseoir à côté de moi !

– Tu sens mauvais ?

– Mouais, ce qui sent bon pour l'un sent mauvais pour l'autre.

– Le miel sent bon, répliqua Marike. La crotte sent mauvais.

– La crotte sent bon, dit Gustav. Les fleurs sentent mauvais.

Marike, à quatre pattes sur le tas de vêtements, s'avança jusqu'au banc et avec agilité elle s'installa à côté de l'homme.

– Pourquoi ces vêtements sont-ils teints en noir ?

– Je les porte à la ville. Le veuve noire les a teints pour une bande de nigauds qui ont peur de tout. Je leur rends leurs vêtements teints en noir et j'empoche la monnaie.

– Pourquoi les nigauds tiennent-ils à ce que leurs vêtements soient noirs ?

Gustav siffla un air faux entre ses dents.

– C'est une longue histoire.

Du haut de son siège, Marike contemplait le paysage. Ici, les collines étaient hautes et les vallées profondes. Elle ne s'était pas réveillée dans son lit, mais dans une charrette. Elle comprenait qu'acheter une chèvre n'était pas une mince affaire.

– La veuve noire veut me faire griller parce que ma maman est une chienne de Satan, déclara-t-elle.

Gustav porta le revers de sa main droite à hauteur de sa bouche, il se moucha et s'essuya à ses chausses.

– Cette mégère se méfie même de ses propres doigts de pied.

– Jean des Rats est attaché à une chaîne.

– C'était un petit gars toujours gai avant.

– Et la veuve noire, elle était gaie ?

– C'était une paysanne qui marchait la tête haute. Elle était plus costaude que dix gaillards rassemblés. Elle aurait pu tuer un cochon à elle seule. J'étais l'un de ses garçons de ferme. Elle m'aimait bien, j'avais souvent droit à un coup de pied au derrière. C'est du passé tout ça.

– Moi, elle ne m'aime pas.

– Personne n'avait voix au chapitre. Ni le patron, ni leurs fils, ni leurs filles. Les garçons et les filles de ferme filaient droit. Elle interdisait à sa propre sœur de s'asseoir à table avec nous. Elle avait eu un fils, personne ne connaissait le père. Moi, je m'en fichais pas mal, mais Dieu n'aime pas qu'une femme ait un enfant toute seule, à ce qu'on dit.

Gustav fit claquer sa langue.

La mule s'ébroua, puis elle accéléra un peu le pas.

– Et puis, il y a eu la peste noire, poursuivit Gustav. On la sentait venir de loin, la drôlesse. Alors, les uns après les autres, ils s'en sont allés, tremblants de fièvre, couverts de boursouflures violacées. Mais pas elle. Pas moi. Et le petit rouquin de sa sœur non plus. La peste noire en épargne toujours quelques-uns. Pour qu'ils puissent le raconter aux autres.

— Jean des Rats m'a parlé de la peste noire.

— Nous avons creusé des fosses, poursuivit Gustav, à nous en écorcher les doigts. La patronne a traîné elle-même le patron et ses propres enfants dans le trou. Elle n'a pas versé une seule larme. Mais son regard s'était éteint. Après cela, elle a mis le feu à la ferme. Elle a vendu bétail, poules et cochons. Elle a teint tous ses habits en noir. Elle a déclaré : « C'est un châtiment de Dieu. Pour notre orgueil, notre cupidité et notre voracité. » Après, nous avons erré dans le pays sur cette charrette avec, derrière nous, son neveu sur une carriole tirée par une chèvre.

— Une chèvre blanche ?

— Oui, blanche. Maintenant, elle est noire comme un corbeau. La veuve noire criait aux vagabonds que nous croisions sur notre chemin : « Habillez-vous de noir. Le Diable et la peste noire s'attaquent aux vaniteux. Ceux qui sont en noir, ils les laissent tranquilles. » Puis nous avons trouvé une petite maison et une grange. L'odeur de la peste était là.

— Quelle odeur elle a, la peste ?

— Une odeur qui fait froid dans le dos.

Marike fut parcourue d'un frisson.

— À l'intérieur, nous avons trouvé deux morts. Ils étaient assis à table, blêmes et figés. En les voyant, elle a fondu en larmes. Pleurer pour des gens qu'elle

ne connaissait ni d'Ève ni d'Adam ; allez comprendre !
Nous les avons enterrés dans un grand trou. Elle m'a
dit : « Va à la ville, dis aux gens que ce sont des
pécheurs, qu'ils doivent s'habiller de noir. Dis-leur
que tu apporteras à la veuve noire leurs vêtements
rouges, jaunes ou bleus. Que, pour quelques sous, elle
les teindra en noir, noir comme le jais. » Elle a placé
le chaudron dans la cour et elle s'est installée dans la
maison. Son neveu fendait le bois, jusqu'au jour où
elle s'est aperçue qu'il n'avait pas de nombril.

— C'est toi qui lui as planté une faux dans le
ventre ?

— Non. Maintenant il est enfermé, pauvre gosse.
Tout le monde a peur de quelque chose. Moi, j'ai
peur de la veuve, les gens ont peur de la peste noire,
la veuve, elle, elle a peur des rats. Je lui apporte robes,
chausses et bonnets, je vais les rechercher et, pour le
reste, je fais ce qui me plaît.

— Qu'est-ce qui te plaît ?

— Ça, c'est une autre histoire. Ce n'est pas tes
oignons.

Marike garda le silence pendant un moment.

L'histoire de Gustav ne ressemblait pas aux histoires qu'elle avait lues dans *L'humanité est une farce*.

Pourquoi Archibald ne lui avait-il jamais parlé de
la peste noire ?

8
Où Marike fait la connaissance
du Diable, découvre le feu de l'enfer
et a maille à partir avec un bourgeois
et des bourgeoises vêtus de noir

Arrivée dans l'enceinte de la ville, Marike sauta de la charrette.

— Attention à toi, petiote, lui cria Gustav. Demain, c'est jour de foire. Les voleurs sont partout. Ne te fie à personne.

— Je vais acheter un ours.

— Un ours ?

— C'est fort, un ours. Je l'emmènerai chez la veuve noire et je lui dirai : « Retire l'anneau de fer du pied de Jean des Rats, donne-moi la chèvre, sinon l'ours te dévore. »

— Fais attention, il pourrait te dévorer aussi.

– Tu me donnes des deniers ?

Gustav se mit à rire, puis, d'une petite claque, il tapa sur le derrière de la mule.

– En route pour l'auberge.

La mule avança en tirant péniblement la charrette à travers les ruelles boueuses.

Marike regarda autour d'elle.

« Me voilà dans une forêt de gens ! » se dit-elle.

Une multitude d'hommes, de femmes et d'enfants se pressaient autour d'elle. Tantôt ils l'encerclaient, tantôt ils la bousculaient.

Elle percevait un étrange brouhaha.

« C'est la première fois que je vois des gens en mouvement », se dit-elle.

Les badauds bavardaient, ils criaient.

De là cet étrange brouhaha !

Leurs vêtements rouges, mauves, verts, jaunes et bleus l'étourdissaient. Marike se sentait bien loin de la forêt hantée avec ses arbres brun mat et ses feuilles vert tendre.

Elle manqua de trébucher sur un goret.

Il poussa des grognements furieux ; jamais elle n'avait rien entendu d'aussi étrange.

Elle s'égara parmi les oies.

Elles la pincèrent de leur bec, battirent des ailes avec rage et poussèrent des cris nerveux.

Marike s'écarta pour céder le passage à un troupeau de vaches corpulentes, elle rentra le ventre et se colla au mur d'une maison.

Le troupeau passa devant elle dans une totale indifférence.

Elle découvrit le gros derrière des vaches auquel pendait une queue sale qui se terminait par un plumeau. La plus grosse lâcha une bouse fumante qui éclaboussa la chaussée.

Marike se faufila vite dans une autre rue.

Celle-ci était plus calme.

Une femme portait une corbeille remplie de pains. Elle se dirigeait droit sur Marike.

« J'ai faim », se dit-elle.

Elle montra la corbeille du doigt.

– Du pain !

La femme s'arrêta.

– Je peux sentir ton pain ? demanda Marike.

La femme tira un pain de la corbeille.

– Il sort du four. Deux sous !

– C'est la première fois que je respire l'odeur du pain.

La femme la dévisagea d'un drôle d'air.

– Je ne sais ni lire ni écrire, s'empressa d'ajouter Marike.

Comme elle mentait, elle rougit jusqu'aux oreilles.

– Je suis bête comme mes pieds, j'ai beaucoup à apprendre de vous.

– Lire et écrire, bredouilla la femme, mais, mon petit, de quoi tu parles ?

Marike se hissa sur la pointe des pieds. Elle huma l'odeur du pain. La femme la repoussa avec vigueur.

Avant d'avoir eu le temps de dire ouf, Marike se retrouva par terre, dans la poussière.

La femme s'éloigna en bougonnant.

« Hum ! Je n'ai jamais rien senti d'aussi bon », songea Marike.

Son estomac faisait des gargouillis.

« Comment me procurer des deniers ? Si seulement je le savais ! » se dit-elle.

Elle se releva d'un bond, elle rajusta la cordelette qui tenait ses culottes en peau de lièvre.

Un âne gris, portant un homme dodu sur son dos, avançait à pas lents. Il ployait sous le poids.

« Cet âne est fatigué », pensa Marike.

L'homme dodu soufflait dans une cornemuse. Il gonflait les joues, ses jambes courtes ne touchaient pas le sol.

« Eh, se demanda Marike, c'est de la musique ? Rien à voir avec les pouet, pouet ! d'Archibald quand il met les mains devant sa bouche. »

Elle courut vers l'âne, le saisit par la queue et se laissa tirer.

Elle ferma les yeux. La musique retentissait dans sa tête.

Elle ne rêvait pas.

Elle se promenait en ville un jour de foire. Elle était Marike de la forêt hantée. Elle tenait la queue d'un âne dans ses mains.

Et elle écoutait de la musique.

Ce qui la troublait un peu.

Se trouvait-elle réellement en ville, à la foire ? Était-elle bien Marike de la forêt hantée ? Tenait-elle bien la queue d'un âne dans ses mains ?

« La musique emplira bientôt tout mon cœur et toutes mes pensées », songea-t-elle.

Il y eut un petit son aigu, puis plus rien.

Marike heurta le postérieur de l'âne.

L'homme dodu sauta à terre.

— L'heure est venue pour une pinte de bière, monsieur Grand'zoreilles, dit-il à son âne.

— Peux-tu m'expliquer en quoi consiste la musique ? lui demanda Marike en forçant la voix.

L'homme dodu leva les yeux.

— Quelqu'un a parlé ?

— C'est moi.

— Qui, moi ?

Il lui fallut quelques instants avant de découvrir Marike.

— Hé ! morpion, d'où sors-tu pour parler un si beau langage ? Aurais-tu grandi à la cour ?

— Parle-moi de la musique !

L'âne retroussa la lèvre supérieure et émit un bruit qui ressemblait à un rire.

— La musique, mon petit, c'est quelque chose que les animaux ne peuvent pas faire, une sorte de tour de magie réservé aux hommes.

— Je suis un être humain. Je peux faire de la musique ?

— Il ne faut jamais désespérer de rien, répliqua l'homme dodu.

Il s'éloigna. L'âne le suivit et, de temps en temps, il lui donnait un petit coup de museau au derrière.

Marike aperçut un morceau de pain non loin d'elle.

Elle s'empressa de le ramasser avant qu'un chien galeux ne s'en empare.

– Pour moi ! fit-elle en mordant à belles dents dans la miche.

« Hum, se dit-elle, rassis, c'est délicieux ; alors frais ! »

Maintenant qu'elle avait un peu apaisé sa faim, elle pouvait de nouveau porter son attention sur ce qui se passait autour d'elle.

Les maisons étaient loin. De hautes tours culminaient.

Elle se trouvait bien à la foire.

Ici et là, on dressait un étal. De lourds coups de marteau retentissaient. Près d'elle, une femme était en train de déballer une caisse. Elle portait un nourrisson dans un panier accroché à son dos. Un homme lançait en l'air des quilles en bois et lâchait une kyrielle de jurons dès qu'il en laissait tomber une. Un autre, perché sur des échasses, urina d'un jet puissant sur des gamins qui l'agaçaient à tournicoter autour de lui.

Deux grands clochers intriguaient Marike.

Ils se dressaient, impassibles.

« J'y vais », se dit-elle.

Prenant son courage à deux mains, elle se faufila parmi les badauds qui s'agitaient.

« Des deniers, comment me procurer des deniers ? » s'interrogeait-elle.

Un homme marchait sur une grosse corde tendue entre deux pieux.

– Tu sais où je pourrais trouver des deniers ? lui demanda-t-elle.

– Tais-toi. Tu vois bien que je marche sur une corde raide.

– Tu ne devrais pas, tu vas tomber !

L'homme chancela.

– C'est malin, je te l'avais bien dit !

Il perdit l'équilibre, mais retomba sur ses pieds.

– Viens ici que je te donne une bonne raclée !

– Non merci, j'aime mieux pas.

Elle poursuivit son chemin, puis elle se heurta à un étal.

Sur une large planche, elle remarqua de petites balances et des bols remplis de pièces qui brillaient.

– Eh ! s'écria-t-elle.

Les yeux sombres du barbu derrière son éventaire étaient fixés sur elle.

– Ce sont des deniers ? s'enquit-elle.

L'homme ne répondit pas.

– Il me faut des deniers.

– Pour un florin et deux sous, tu auras un denier.

– Donne-moi quelques florins et quelques sous.

– Quelle sorte de pièces as-tu ?

– C'est là le problème. Je n'ai pas une seule pièce, je n'ai rien du tout.

– On n'a rien sans rien !

L'attention de Marike fut attirée par un joyeux raffut.

Un peu plus loin, des femmes, des hommes et des enfants accouraient pour former un cercle. Une flamme jaillit au-dessus de leurs têtes. Elle oscilla vivement, puis disparut.

– Le Diable est dans la ville, s'écria une femme de sa fenêtre.

De la place du marché, une autre répliqua :

– Oui, il se brûle le nez aux flammes de l'enfer.

Toutes deux pouffèrent de rire.

Marike courut vers le cercle et se faufila pour être au premier rang.

Elle reconnut tout de suite le Diable.

Il dansait au milieu du cercle. Il agitait un bâton en feu.

Deux cornes et une paire d'oreilles en pointe se dressaient sur sa capuche rabattue négligemment sur sa tête. Il portait une cape noire. La fourrure de sa cape et le bout de son nez pointu étaient rouge vif.

Les gens criaient :

– Du feu, du feu !

Le Diable porta le bâton en flammes à sa bouche, renversa la tête en arrière et cracha en l'air une flamme vibrante.

La foule s'esclaffa et poussa des cris.

« Pourquoi rient-ils ? se demandait Marike. Ne craignent-ils pas le feu de l'enfer ? »

Les spectateurs lancèrent des pièces.

Le Diable sautillait autour. L'une après l'autre, il éteignit les flammes qui sortaient de sa bouche.

Marike se précipita vers les pièces et les ramassa.

Le Diable cessa de sautiller. Il se pencha sur Marike et approcha le bâton en feu de son visage. Ses yeux pétillaient de joie.

— Serais-tu en train de me dévaliser ? questionna-t-il d'une voix éraillée.

Marike secoua la tête pour dire non.

— Sais-tu qui je suis ?

— Tu es le Diable. Tu n'as pas de nombril. Tu es né un jour où Dieu a fait un pet qui a retenti comme un coup de clairon.

— Vraiment, Dieu a fait un pet ? demanda le Diable, l'air très étonné.

— Oui, poursuivit Marike. Et après tu as embrassé un ange, et après vous avez eu beaucoup d'enfants. Et puis leurs enfants ont eu des enfants à leur tour et c'est pour ça que maintenant il y a beaucoup de monde sur terre.

Le Diable fit quelques bonds autour de Marike.

Avec une note d'excitation dans la voix, il cria à l'assistance :

— Voyez-vous ça, un petit lièvre avec une tête d'humain !

— Non, rectifia Marike. Je suis un petit être humain avec des pattes de lièvre.

— Elle te vole tes sous, Diablotin ! cria une femme.

– Non, répliqua le Diable, elle ne les vole pas, elle les ramasse pour moi.

Il s'accroupit près de Marike, tendit la main vers elle en lui adressant un clin d'œil.

– Tu me rends mes pièces ?

Marike examina la main vide du Diable.

– Non, on n'a rien sans rien !

– Tu as la voix de souris d'une petite fille. Qui es-tu ? Un ange tombé du ciel ou un petit diable sorti d'un trou noir ?

– Tout le monde a peur du Diable.

– Toi aussi ?

Marike réfléchit. Elle ne voulait répondre ni par oui ni par non.

– Veux-tu me vendre ton âme ? lui demanda le Diable à voix basse.

– Qu'est-ce que c'est, une âme ?

– C'est ce que tu es, tes sentiments, tes pensées, ce que les autres ne connaissent pas.

– Et mon âme, tu voudrais l'acheter ?

– Du feu, du feu ! criait la foule impatiente.

– Si tu me vends ton âme, tu pourras garder les pièces. D'accord ?

– Et qu'est-ce que tu feras de mon âme ?

– Ton âme, je la garderai précieusement.

Marike, sans bien comprendre pourquoi, fut parcourue d'un frisson.

Vite, elle laissa tomber les pièces dans la main que lui tendait le Diable.

— Tu es une brave petite fille. Il ne faut jamais vendre son âme.

— Si tu me donnes un ours, je te donne mon âme.

— Que veux-tu faire d'un ours ?

— Je l'emmènerai chez la veuve noire. Elle me donnera la clé et je détacherai l'anneau du pied de Jean des Rats.

— La veuve noire ? Jean des Rats ? Qui sont-ils ? Qui es-tu ?

Marike réfléchit.

— Non, vilain Diable, tu n'as pas à savoir qui je suis.

Le Diable saisit une cruche qui se trouvait à ses pieds, il la porta à sa bouche, avala une gorgée, la recracha et se redressa d'un bond.

Comme les badauds commençaient à se disperser, il leur cria :

— Attendez !

Ils ralentirent le pas et se retournèrent.

Le Diable approcha le bâton en feu de son visage.

— Avez-vous entendu parler de Mascaron ? s'écria-t-il.

Il cracha une énorme flamme.

Marike fit un bond.

— Demain, s'écria le Diable quand la flamme eut disparu, nous jouerons *Mascaron, le conseiller du Diable*.

Il salua.

— Dans ce spectacle magnifique, Mascaron demandera au bon Dieu – oui, vous pourrez admirer la belle barbe de Dieu – il lui demandera d'expédier tous les hommes en enfer.

Le public poussa des cris outragés.

– Ne vous inquiétez pas, tout finira bien. La Sainte Vierge interviendra en votre faveur.

Il se mit à danser.

– Vous verrez Marie en chair et en os, hurla-t-il. Venez nombreux, venez voir le spectacle !

« Il a une voix sympathique, le Diable », se dit Marike.

Il ne faisait plus attention à elle, il cracha une longue flamme effilée.

On lui jeta quelques pièces.

Près des larges marches d'un escalier en pierre, Marike contemplait l'église. Les portes, hautes comme des maisons, étaient grandes ouvertes.

Elle n'osait pas pénétrer dans cet espace sombre.

« C'est une église, se dit-elle. Quand on éternue à l'intérieur, le bruit résonne comme un coup de masse. Je n'en sais pas plus sur les églises. »

Elle entendit derrière elle un hennissement nerveux.

Elle se retourna brusquement.

Un homme coiffé d'un casque la regardait. Il tentait de maîtriser un cheval blanc élancé.

Marike s'exclama en montrant l'animal :

– Eh, je ne savais pas que c'était aussi beau, un cheval en vrai !

L'homme fronça les sourcils.

Le cheval blanc s'ébroua.

– Pousse-toi de là, gamine, dit l'homme, tu gênes.

Sans se presser, Marike fit quelques pas en arrière.
Des cavaliers montés sur des chevaux bruns, nerveux, se tenaient derrière lui.

Deux hommes se postèrent à côté des portes grandes ouvertes. Ils soufflèrent dans un clairon, il en sortit un son clair.

« Ce n'est pas le genre de musique pour laquelle on se bouche les oreilles », se dit Marike.

Une femme vêtue d'une somptueuse robe blanche sortit de l'église.

Elle demeura quelques instants immobile.

Les hommes abaissèrent leurs clairons et lui emboîtèrent le pas lorsque, droite comme un I, elle descendit les marches.

– Qui est-ce ? demanda Marike à un petit garçon.

Il marmonna quelques mots tout en continuant à croquer dans sa pomme.

– Je ne comprends rien de ce que tu dis, lui fit-elle remarquer.

Il recracha le trognon.

– Tu sais pas qui c'est ? demanda-t-il, stupéfait.

– Non.

– T'es bête ! C'est la Comtesse. Si le bail n'est pas payé à temps, elle dit à ses chiens : « Attaquez ! », et ils se jettent sur toi.

– Je ne te crois pas. Une si belle dame. Non.

– Belle ? Elle est vieille.

– Quel âge ?

– Cent ans, répondit le petit garçon, puis il tourna les talons.

De grands costauds passaient devant Marike.

Elle se faufila entre eux, se prit les pieds dans un panier, se fraya un chemin en avançant à quatre pattes et finit par s'égarer parmi toutes ces jambes, grosses et maigres.

Elle entendit un hennissement juste à côté d'elle, elle se releva d'un bond.

Elle retint son souffle.

L'allure fière, la Comtesse montait un beau cheval blanc. De la main droite, elle tenait une bride dorée. Son regard passait au-dessus des têtes.

« Elle ne voit rien et elle n'entend rien », se dit Marike.

Le cheval blanc s'éloigna à petits pas. La Comtesse passait la main sur sa crinière poivre et sel.

Marike se dit : « Elle ne sait même pas que sa main est en train de le caresser. »

Le cheval blanc fit quelques pas en arrière. Des cavaliers repoussèrent la foule.

Marike trébucha pour la seconde fois.

Elle se laissa rouler et échappa de justesse aux sabots des chevaux.

Marike se promenait dans une rue étroite où pendaient des draps noirs et où les façades des maisons inclinaient vers l'avant.

Elle pensait aux yeux pétillants du Diable. À sa voix amicale. Aux belles cornes sur sa tête.

Un chat farouche montra ses griffes. Elle s'esquiva juste à temps. Un chien montra des dents blanches et menaçantes. Du fond de sa gueule sortit un grognement rauque.

« Ces animaux sont stupides. Ils ne supportent pas que ce soit les hommes qui commandent ici. »

Elle s'immobilisa.

Un homme et deux femmes lui barraient la route. Ils étaient vêtus de noir des pieds à la tête.

– Je le sais bien, c'est la veuve noire qui a teint vos vêtements ! leur dit Marike.

L'homme et les femmes l'observaient en silence.

– La veuve noire est très méchante, poursuivit-elle. Elle a attaché son neveu à une chaîne et elle a fait de sa chèvre blanche une chèvre noire, vous vous rendez compte !

– La veuve noire est une sainte femme, dit l'homme.

– La Comtesse n'aime pas le noir, répliqua Marike. Elle porte une robe blanche.

– La Comtesse sans nom, poursuivit l'homme, est la servante du Malin. Elle a peur de nous parce que nous sommes vêtus de noir. Si ses vassaux nous attrapent, ils nous tortureront dans ses cachots. Ils nous arracheront la langue. Mais nous continuons à prier le Seigneur.

Marike tressaillit.

– Qui es-tu ? demanda l'homme. Tu es un de ses serviteurs ?

– Non, je suis une fille. Je sais que vous avez peur de la peste noire.

L'homme et les femmes se signèrent. Les deux femmes joignirent les mains, levèrent les yeux vers les draps noirs au-dessus de leurs têtes et se mirent à marmonner des paroles inaudibles.

– Je ne comprends rien, s'écria Marike.

– Tu as prononcé son nom maudit, répondit l'homme vivement. Nous allons devoir purifier ton âme. N'aie pas peur. Après, nous t'habillerons de noir.

Les deux femmes se dirigèrent d'un pas décidé vers Marike.

Celle-ci, agile, s'esquiva au moment où les femmes tendaient la main pour l'empoigner. Elle courut de toutes ses jambes jusqu'à l'autre bout de la rue. Quelle ne fut pas sa surprise quand le Diable la prit dans ses bras !

Dès qu'ils l'aperçurent, l'homme et les deux femmes s'arrêtèrent.

– Rends-la-nous, bohémien ! lui cria l'homme.

– Du calme, répondit le Diable. La Comtesse et ses soldats sont dans la ville.

L'homme et les femmes firent quelques pas en arrière.

– Ils peuvent être ici d'un instant à l'autre.

L'homme ferma les volets d'une maison.

Les femmes s'empressèrent d'y entrer.

– La prochaine fois, je vous emmènerai en enfer, c'est promis, leur cria le Diable.

L'homme claqua la porte derrière lui.

Marike examinait la bouche du Diable.

« Où est donc le feu ? » se demandait-elle.

Elle passa un bras autour de son cou et attendit patiemment que les flammes jaillissent.

– Eh bien, fillette, je suis arrivé juste à temps, non ?

– Où est la Comtesse ? lui souffla Marike à l'oreille, son oreille en pointe.

– Je ne sais pas du tout si elle va venir ici. C'était bien trouvé de ma part, tu ne crois pas ?

– Tu m'as sauvé la vie, dit Marike, je te donne mon âme.

Le Diable partit d'un grand éclat de rire.

9

Où Marike part avec le Diable,
fait la connaissance de sa famille
et écoute une histoire près d'un grand feu

Le Diable portait Marike dans ses bras à travers les rues de la ville.

– Tu as faim, lui dit-il.

– Comment le sais-tu ?

– Ton estomac gargouille. Allons dans une auberge.

– Il y a toujours des auberges près de l'église. Tu oses entrer dans l'église ?

– Non, je n'y serais pas le bienvenu.

L'auberge était bondée.

Il y flottait un nuage de vapeur tiède. Les hommes buvaient de la bière ou trempaient un morceau de pain dans une sorte de bouillie foncée. Des femmes, portant pichets et timbales, s'affairaient.

Marike et le Diable étaient installés à une petite table de bois sombre.

Personne ne faisait attention à eux.

— Ils n'ont pas peur de toi ici ! s'étonna Marike.

Deux jeunes filles aux joues roses posèrent devant eux deux écuelles remplies d'une bouillie onctueuse, un pichet de bière, des timbales et une corbeille de pain.

— Pour le Diable, c'est gratuit, n'est-ce pas ?

— Tes cornes auraient besoin d'un bon coup de pinceau, lui lança l'une d'elles.

Elle planta la cuiller en bois dans l'écuelle avec une telle vigueur qu'elle éclaboussa à la ronde.

Après avoir réglé l'addition, le Diable remplit les timbales.

Marike prit une gorgée qu'elle recracha immédiatement.

L'air fâché, elle demanda :

— Qu'est-ce que c'est ?

— C'est de la bière, répondit le Diable.

— Je n'en veux pas, dit Marike. C'est pas bon, c'est amer.

Après avoir reniflé la bouillie, elle en prit une minuscule bouchée.

— Hum ! fit-elle.

Elle se mit à dévorer. La bouillie coulait le long de son menton, elle en avait même sur le bout du nez.

De temps en temps, elle prenait un morceau de pain et l'enfournait dans sa bouche déjà pleine.

— Ne mange pas si vite, tu te goinfres !

— Du pain. Je pourrais en manger des quantités !

Puis, tout à coup, elle se sentit rassasiée. Elle repoussa son écuelle, posa les mains sur son ventre et s'enfonça dans sa chaise.

— Dis-moi, comment on fait pour donner son âme ?

Le Diable avala une grande rasade de bière, s'essuya les lèvres du revers de la main et lâcha un petit rot à peine audible.

— Regarde-moi droit dans les yeux.

Marike le regarda.

De la main, le Diable se cacha vite les yeux.

— Si je ne prends pas garde, ce n'est pas moi qui vais voler ton âme, mais toi la mienne.

— Tu as pris mon âme ?

— Tu ressens un grand vide ?

— J'ai le ventre plein. Je n'ai jamais aussi bien mangé. Dis, le Diable, je peux rester avec toi ?

— Où habites-tu ? Où sont ton père et ta mère, tes frères et tes sœurs ?

— Si j'ai un père, une mère, des frères et sœurs, j'ignore où ils sont. J'habite dans la forêt hantée. Avec Archibald. Archibald est un vieux magicien, il ressemble à Dieu, parce qu'il porte une barbe.

— Un magicien ?

— Archibald prétend qu'il n'est pas magicien. Il dit qu'il sait faire du feu, construire une maison et attraper les oies et les lapins. Il dit que c'est normal. Qu'il n'y a pas de magie dans tout cela.

Marike se pencha vers le Diable.

– Archibald est un magicien, c'est vrai, dit-elle à voix basse, seulement voilà, il n'a pas envie de faire des tours de magie à longueur de journée. C'est pourquoi il prétend qu'il ne l'est pas.

– Vous habitez tous les deux dans la forêt hantée ? Il n'y a personne d'autre ?

– Sophie.

– Sophie ? Une femme ?

– Une chèvre.

– Ah !

– Une chèvre blanche. Elle est morte.

– Et pourquoi es-tu partie ?

– Je veux acheter une autre chèvre. La veuve noire en a une. Elle est noire et sale. Si je la lavais dans le ruisseau, elle redeviendrait blanche et propre. La veuve noire a un neveu. Il s'appelle Jean des Rats. Il n'a pas de nombril, alors il est prisonnier. Je veux un ours. Il fera peur à la veuve noire, et moi, j'emmènerai la chèvre et Jean des Rats dans la forêt hantée.

Le Diable eut un petit rire moqueur.

– Petite fofolle !

– Grand fou !

Marike bâilla longuement.

– Tu as tout inventé, n'est-ce pas ?

– Dis donc, pourquoi j'inventerais ? Je ne vais tout de même pas mentir au Diable.

– Qu'est-ce que tu sais du Diable ?

– Il a des cornes. C'est un sacripant, un chenapan, si tu préfères. Tu as des cornes. Tu es un chenapan. Il y a très longtemps, tu as embrassé un ange. C'est pourquoi les hommes sont mi-anges, mi-… comme toi.

– Comment sais-tu tout cela ?

– C'est écrit dans *L'humanité est une farce*. Le plus beau de tous les livres.

– Tu connais beaucoup de livres ?

– Il en existe beaucoup ?

Le Diable rit de nouveau.

– Comment se fait-il qu'Archibald et toi, vous viviez dans la forêt hantée ?

– Il m'a trouvée. J'étais couchée dans les tormentilles. Sur ma brassière, il y avait des taches de sang. Non, des lettres de sang. Tu sais ce que disaient ces lettres ?

– Non.

– Tu sais lire et écrire ? Moi, je sais.

– Bien sûr, répliqua le Diable. Je serais un Diable de rien du tout si je ne savais pas lire. Que disaient ces lettres ?

– Elles disaient : « Prenez soin de Marike. »

Elle pointa fièrement l'index sur sa poitrine.

– Marike, c'est moi.

– Oui, j'avais compris.

– Je peux rester avec toi, oui ou non ?

– Je suis toujours par monts et par vaux. Ça te plairait ?

– Je vais libérer Jean des Rats. J'amène une chèvre
à Archibald. Après je viendrai avec toi, j'irai par
monts et par vaux. Et puis, je t'aiderai.

– À quoi faire ?

– À acheter des âmes.

– Jean des Rats est un ami à toi ?

– La veuve noire dit que c'est ton fils.

Le Diable eut l'air très surpris.

– Mon fils, où est-elle allée chercher une chose
pareille ?

– Il n'a pas de nombril, comme toi. C'est pourquoi
elle pense qu'il est ton fils. Avant il en avait un.
Tu n'en as jamais eu, toi, hein ? Jean des Rats est
enchaîné. Je sais bien que ce n'est pas ton fils. Tous
les rats dans le noir sont ses amis. Il a peur qu'un de
ces jours la veuve noire le fasse rôtir.

– J'ai une femme. Elle s'appelle Isabella. Elle veut
avoir beaucoup d'enfants.

– Une femme ! L'ange est toujours ta femme ?

Les yeux du Diable étaient tout près de Marike.

– Non, fit-il. Tu es une enfant trouvée ? Ta mère
t'a déposée dans les tormentilles ?

– Oui, qui d'autre ?

– Ta mère te manque, Marike ?

– Ben, je la connais même pas !

– Elle te manque ? Dis-moi.

– Ben, je sais pas !

– Tu aimes Archibald ?

– Archibald, c'est Archibald.

— Tu veux que je te ramène dans la forêt hantée ?

— Tu n'auras pas peur ?

— Pourquoi aurais-je peur ? Le Diable n'a peur de rien.

— Oui, c'est bien ce que je pensais. Moi, j'ai peur de la veuve noire.

Le Diable avait le regard pétillant.

— Je n'ai pas peur de toi, ajouta-t-elle.

Les baladins avaient disposé leurs roulottes en cercle non loin de l'église et du cimetière.

Les deux ânes et le vieux bourrin broutaient tranquillement.

Un feu brûlait près de la grande roulotte.

Dirc était assis en tailleur sur un tonneau. Il soufflait dans les tuyaux de sa cornemuse pour les nettoyer. Il en sortait de temps en temps un son grave et profond.

De son bâton, Margot attisait le feu et scrutait les flammes.

Entre deux roulottes, Isabella se tenait debout, les mains sur les hanches. Son regard allait du cimetière à l'église et de l'église au cimetière.

— Où est-il passé, ce beau parleur ? demanda-t-elle à voix basse.

Par-dessus son épaule, elle lança un regard à Margot.

— Ton cher fiston est en train de jeter nos deniers par les fenêtres.

Margot garda les yeux fixés sur le feu.

— Il va se faire dépouiller ou fracasser le crâne, ajouta Isabella.

Un sourire à peine esquissé apparut sur le visage de Margot.

— Personne ne s'en prend au Diable.

— Il n'est pas le Diable.

— Il a peut-être pris la clé des champs, qui sait ? dit Margot.

— Toi, tu étais en train de penser à ton homme ? Allons, c'est du passé ! Tu l'as vu dans les flammes ?

— Ce satané moine. Il me poursuit partout où je vais !

— Eh oui ! fit Isabella. Tu l'as bien cherché. Quelle idée de faire un enfant avec un moine !

— Tôt ou tard, un fils finit toujours par ressembler à son père, qu'il le veuille ou non.

Elles rirent en chœur.

— C'est encore un gamin ! dit Margot.

— Toi, c'est ton fils, mais moi, c'est mon mari !

— Un vrai gamin ! Dès qu'il a des cornes sur la tête, il s'imagine qu'il est le Diable.

— Oui. Et quand il porte une robe blanche, il se prend pour la Sainte Vierge.

Toutes deux pouffèrent de rire.

— C'est un ménestrel, poursuivit Margot quand elle eut repris son souffle, comme son père. Le coquin m'a dit un soir : « C'est la pleine lune. Je vais te cueillir des fleurs de lune. » Il a disparu dans la nuit, la lune n'en était qu'à son premier quartier. Je ne l'ai jamais revu.

— Je la connais par cœur, ton histoire, répliqua Isabella.

— J'aime bien la raconter.

— Tu n'avais plus de mari, tu n'en avais pas moins un gros ventre.

— Oui, et quand je regarde les flammes, tout cela ne me semble pas si loin.

Monne, la mine encore ensommeillée, pointa son nez à la porte d'une des roulottes.

— Où est-il donc passé avec sa bière ?

— J'ai faim, s'écria Dirc. Où est-il passé avec son pain ?

Monne s'extirpa mollement de sa roulotte. Il se gratta le derrière et, d'un pas lent, il se dirigea vers la cuve d'eau. En passant, il déclara à Dirc :

— Les fantômes hantent les rêves de ceux qui ont la gorge sèche.

Sur ces mots, Dirc entonna à la cornemuse un air mélancolique.

Monne prit une grande rasade d'eau dans le creux de ses mains. Il la but d'un trait.

— Tu tiens à attraper des crampes d'estomac ? Tu ferais mieux d'attendre la bière, lui cria Margot.

Isabella se retourna et se trouva nez à nez avec la tête de Diable de Joachim. Elle sursauta.

— Cesse de toujours me faire des frayeurs !

Joachim, d'un mouvement d'épaule, se débarrassa de sa cape.

Isabella découvrit l'enfant qui dormait dans ses bras et qui était recouvert de pains ronds et de bouteilles de bière en grès.

– D'où sors-tu ce marmot ?

– Doucement ! Elle dort.

– Tu ne devrais pas voler des enfants ! Tu tiens à te faire écarteler ?

– Je ne l'ai pas volée, répondit Joachim à voix basse. Elle errait toute seule dans la ville. Elle vient de la forêt hantée.

Isabella se signa.

– Pourquoi tu fais le signe de croix ?

– L'habitude.

– Celui qui croit aux mauvais esprits ne croit pas en Dieu.

Isabella passa l'index sur la joue de l'enfant.

– Eh, fit-elle, une petite fille ! Elle sait parler ?

– Marike sait parler, lire et écrire, répondit Joachim. Et elle est persuadée que je suis le Diable.

– Lire et écrire ! Qui lui a appris ?

– Un vieil homme dans la forêt hantée.

– Qu'allons-nous faire d'elle ?

– Elle veut acheter un ours.

Ils échangèrent un regard.

– Un ours ? répéta Isabella.

Marike poussa un soupir dans son sommeil.

Isabella l'observait.

– Que veux-tu faire d'un ours, petite ?

Marike ouvrit les yeux.

Elle était complètement réveillée. Elle dit en s'adressant à la jeune femme :

– Je sais qui tu es. Tu es Isabella.

Marike regarda autour d'elle, elle découvrit deux ânes, un vieux cheval, un grand feu et des roulottes qui formaient un cercle. Elle était réveillée, mais elle n'avait pas la moindre idée de l'endroit où elle se trouvait. Cela ne lui était encore jamais arrivé.

Une peau de mouton couvrait ses épaules. La laine, qui la chatouillait, la fit éternuer plusieurs fois.

Isabella était assise à côté d'elle.

Son odeur était celle d'une veste qui sèche au vent. Elle avait des cheveux blonds ébouriffés et les joues roses.

Marike montra du doigt une femme de grande taille qui se tenait près du feu.

– Qui est-ce ? demanda-t-elle à Isabella.

Avant qu'elle n'ait eu le temps de répondre, la femme lui répondit :

– Je m'appelle Margot, je suis la mère du Diable.

Elle était grande et vigoureuse. Elle avait la carrure d'un homme. Son visage buriné était couvert de rides. Elle avait les yeux vert pâle.

Le Diable se réchauffait les mains à la chaleur des flammes.

« Oui, bien sûr, il a froid sur terre », se dit Marike.

Deux hommes adossés à une cuve, un gros et un maigre, jambes allongées, buvaient de la bière à même le goulot.

Marike avait déjà croisé le gros en ville.

Assis sur un âne, il soufflait dans une cornemuse. Qu'avait-il fait de son instrument ?

Elle demanda en indiquant les deux hommes qui buvaient :

– Qui sont-ils ?

– Mes frères, répondit Isabella. Le gros, c'est Dirc, Dirc-aux-mille-visages. Le maigre, c'est Monne-aux-jambes-élastiques. Le gros peut être tour à tour un roi, un magistrat ou un assassin, oui, ou même Dieu. Le maigre peut être la mort ou le serpent du paradis. De vrais baladins.

– Des baladins ?

– Oui, nous parcourons le monde en roulotte. Parfois, le Diable reçoit une bonne correction. Les gens se bousculent pour voir ça.

– Vous n'avez pas peur du Diable ?

– Ne crois-tu pas que le Diable devrait avoir une queue ? demanda Isabella.

– Une queue ?

– Il ne veut pas que je couse de queue à ses chausses. Il dit qu'il ne faut pas exagérer, qu'il ne faut pas faire du Diable une caricature.

Marike ne comprenait plus rien.

– Je ne sais pas où je suis, dit-elle d'une petite voix.

– Tu es chez nous.

— Le Diable n'a pas de nombril. Je lui ai donné mon âme.

— Ton âme ! Moi, je lui ai tout donné. Ma roulotte, mon lit, mes frères et mon cœur, mais mon âme, ça jamais !

Marike était fâchée.

Pourquoi ne comprenait-elle rien de ce qu'elle entendait ?

Pourquoi n'avait-elle jamais rien lu de semblable dans *L'humanité est une farce* ?

— Qu'est-ce qui t'arrive ? Tu pleures ?

— Non. C'est le feu. J'ai les yeux qui piquent.

Isabella passa son bras autour de ses épaules.

— Allons, pleure un bon coup. Qu'est-il arrivé à ton père, ta mère, tes frères et sœurs ? Raconte-moi tout. Je ne rirai pas d'une histoire triste.

Marike se taisait.

— Tu pleures, constata Isabella. Je le vois bien. Brailler, tout le monde sait faire, mais toi, tu pleures sans verser de larmes. Tu as vraiment de la peine. Allons, il te faut un peu de distraction ! Les garçons sont là pour ça.

Isabella tapa dans ses mains.

Dirc abandonna sa bière.

Monne se redressa, il s'approcha de Marike et lui fit une jolie révérence.

— Cette petite fille a du chagrin. Faites quelque chose.

Dirc se releva péniblement, se dirigea vers l'une

des roulottes en traînant du pied, puis il saisit sa cornemuse.

— De la musique, murmura Marike.

— Qu'est-ce que tu dis ? demanda Isabella.

— Il va jouer. La musique, c'est comme un tour de magie.

— La musique, c'est un bruit qui ne fait pas mal à la tête.

— La musique, c'est merveilleux ! Aujourd'hui, j'ai entendu jouer de la musique pour la première fois.

— Tu parles comme une demoiselle, pourtant tout ce que tu dis est un peu loufoque.

Dirc se mit à jouer. Un air lent et mélancolique.

Monne lançait des quilles. Dès qu'il en avait rattrapé une de la main droite, il en lançait une autre de la main gauche.

Les yeux de Marike ne formaient plus que deux petites fentes.

À écouter la musique, à regarder les quilles tournoyer devant ses yeux, elle sentait le sommeil la gagner.

Elle vit que Dirc posait sa cornemuse par terre.

Elle regrettait profondément que la musique se soit tue.

Dirc et Monne faisaient des bonds, se laissaient tomber par terre, se relevaient en souplesse.

Marike en oublia la musique.

Leurs cabrioles étaient aussi une sorte de musique.

Elle rit de les voir faire les fous.

– Pourquoi tu ne ris pas ? demanda-t-elle à Isabella.

– Ce n'est pas la première fois que je les vois.

– L'humanité est une farce, déclara Marike.

Pour le coup, Isabella fut prise d'un fou rire. Il lui fallut quelques instants pour retrouver l'usage de la parole.

– Comment le sais-tu ? demanda-t-elle en reprenant sa respiration.

– Il y a longtemps que je le sais, répondit Marike sans sourciller.

– Vous m'en direz tant !

Isabella tapa encore une fois dans ses mains.

– Ça suffit, les garçons. Il est temps que notre invitée aille se coucher.

Dirc et Monne saluèrent si bas que leur tête toucha leurs genoux.

– Tu as envie d'écouter une histoire avant de t'endormir ? demanda Isabella.

Marike leva les yeux vers elle.

– C'est toi qui vas me la raconter ?

– Non. Je ne sais pas raconter les histoires. Je m'occupe de préparer les repas, je fais le ménage dans la roulotte, je couds les costumes et je confectionne les masques pour les représentations.

Elle fit un geste de la main en direction du feu.

Marike observait la tête du Diable.

À travers les flammes qui frémissaient, elle entrevoyait tantôt sa bouche au sourire moqueur, tantôt ses yeux diaboliques et son nez rouge.

– Lui, je le vois bien, il a envie de te raconter une histoire.

– Tu as peur du Diable, toi ? demanda Marike à voix basse.

– Je suis sa chérie, répondit Isabella en chuchotant elle aussi.

– Tu es un ange ?

– Non, je ne suis pas un ange. Il aurait bien voulu.

Le Diable s'approcha lentement. Il s'accroupit devant Marike.

– Connais-tu l'histoire de Tormentille ?

Marike secoua la tête.

Le Diable sourit.

– Raconte-la-moi.

Le Diable fit lentement quelques pas en arrière. Il écarta les bras, le rouge de sa cape se déploya tel un éventail.

Dirc tenait une baguette dans la main droite et une cymbale dans la gauche.

Monne porta une longue flûte à ses lèvres.

– Cet hiver-là semblait sans fin, déclama le Diable. Les rivières formaient de longs sentiers blancs. Les champs avaient disparu sous la neige durcie. Les enfants mouraient de faim, les femmes, parties à la recherche de leur mari perdu dans la tempête, succombaient dans le froid. Des cadavres d'oiseaux restaient collés à la neige.

Monne souffla dans sa flûte. Il en sortit un son triste et ténu.

– Roland, le chevalier, était parti en croisade. Son départ remontait à plusieurs mois déjà. Un ménestrel passait l'hiver au château. Il craignait le froid et redoutait la faim, mais il était doté d'une belle voix. Constatant combien la belle Aude se languissait de son chevalier, il chantait pour elle à en perdre la voix.

Isabella toussota avec insistance.

– Aude avait le teint pâle comme la lune, elle était silencieuse comme un oiseau qui aurait perdu sa langue. Les grandes flammes qui crépitaient dans la cheminée ne suffisaient pas à la réchauffer. Le ménestrel, lui, ne parvenait pas à la consoler : « Ô dame, répétait-il souvent, je chanterai pour vous le calvaire de la Vierge Marie, l'amour et la mort. Les chansons tristes nous réconfortent. »

– Le chevalier Roland ne revenait pas ? demanda Isabella.

– Roland était en Terre sainte. Toutes les nuits, Aude rêvait des croisés. Dans son rêve, Roland était mortellement blessé par une flèche lors d'une bataille sous un soleil de plomb. Il tombait de cheval et, dans le silence de son rêve, Aude l'entendait crier son nom.

– Doucement, monsieur le Diable, intervint Isabella, nous avons ici une petite fille qui est encore bien jeunette.

– Tais-toi, souffla Marike.

– Un jour, un courrier du roi arriva au château. Il

avait le teint blanc comme neige, le cheveu rêche comme une corde enduite de poix. « La bataille en Terre sainte est épouvantable. Dans mon sommeil, je revois les cadavres, je respire l'odeur du sang, je n'ose plus fermer les yeux. » Aude demanda si Roland était tombé dans la bataille. « Il a été encerclé par les guerriers du Sultan. Il s'est battu comme un lion. » « A-t-il prononcé mon nom ? » Le courrier la dévisagea longuement, il avait l'air triste. Il se tut. Aude le conduisit dans sa chambre. Elle le déshabilla, le lava tendrement à l'eau tiède. Il tremblait et riait à la fois. Sans ses vêtements, il n'était plus qu'un petit garçon timide et un peu perdu. Ils passèrent une longue nuit ensemble et, dans les bras l'un de l'autre, ils trouvèrent paix et réconfort.

– Mais bien sûr ! fit Isabella.

– Chut ! siffla Marike.

– Le lendemain matin, le courrier du roi mourut. On l'enterra, le sol était gelé. On jeta de la terre et de la neige dans sa tombe.

Monne tira de sa flûte un son aigu.

Marike en eut mal aux oreilles.

– L'hiver s'en fut. On sortit les chevaux des écuries. Les gens comptaient les doigts de leurs mains et de leurs orteils, ils remerciaient le Seigneur et, plus que jamais, on brûlait des cierges dans les églises. Le printemps était splendide. Les habitants du château constatèrent qu'Aude était enceinte. Avant de s'endormir, elle priait : « Sainte Marie, mère de Dieu, merci pour l'enfant que je porte en moi. Je promets de lui transmettre tout l'amour que j'ai pour vous. »

– C'est facile ! Tout est bien qui finit bien ! dit Isabella.

– Par un après-midi d'automne, Aude donna le jour à une petite fille. Les sages-femmes accomplirent leur tâche en silence. Elles firent la toilette d'Aude et celle de l'enfant. Quand la petite fille fut propre et eut fini de pleurer, elles la posèrent dans les bras de sa mère. « Comme elle est belle ! » s'exclama-t-elle. Les sages-femmes se taisaient. Elles contemplaient l'enfant. Elles avaient les larmes aux yeux.

– Pourquoi elles pleuraient en regardant la petite fille ? demanda Marike à Isabella.

– C'était l'enfant du péché, répondit-elle à voix basse. Tu ne comprends pas ?

Fâchée, Marike répondit :

– Non, je n'y comprends rien !

– À la tombée de la nuit, poursuivit le Diable d'un ton grave, une sentinelle vit approcher un groupe de cavaliers.

Dirc donna un grand coup de cymbales.

Marike tressaillit de tout son corps.

– C'était le chevalier Roland accompagné d'une petite armée de rescapés, poursuivit le Diable d'un ton solennel. Le pont-levis s'abaissa avec une extrême lenteur. Arrivé dans la cour, Roland s'écria : « Des centaines de flèches ont percé ma chair, mais mon cœur est resté intact. » Son armure était terne et maculée de sang. Les fers de ses chaussures résonnèrent sur les marches de pierre. Ses fidèles étaient réunis dans la salle des chevaliers. L'air abattu, ils s'inclinèrent devant lui. « Pourquoi ce silence glacial ? demanda Roland. Où est Aude, ma dame ? Pourquoi n'est-elle pas ici pour m'accueillir ? » Tous retenaient leur souffle. Les regards se détournaient. Dehors, dans la cour, on entendait les aboiements des chiens.

Le Diable se tut.

On ne percevait plus que le craquement des branchages dans le feu.

– Le silence du château, poursuivit le Diable, fut soudain brisé par les pleurs d'un nourrisson. Roland retira son casque, il défit les liens de sa cuirasse. « J'ai échappé cent fois à la mort. J'avais oublié ce qu'était la peur. À présent, je le sais de nouveau. » Il se dirigea vers les appartements d'Aude, il aperçut l'enfant dans ses bras. Il chassa les sages-femmes. « Cet enfant malingre ne peut être de moi ! » s'écria-t-il. Il tira son épée, l'enfant se tut. Aude déclara : « Je sais qu'il est de ton devoir de nous tuer, mon enfant et moi, mais avant, agenouille-toi et demande pardon à la Vierge Marie. » Roland s'exécuta, il joignit les mains. « Ferme les yeux, dit Aude, sinon elle ne pourra entendre ta prière. » Roland ferma les yeux et pria avec dévotion.

– C'est qui, cette Marie ? interrompit Marike.

Le Diable lui lança un regard contrarié, il respira profondément avant de poursuivre.

– Tandis que Roland priait, Aude serra l'enfant dans ses bras et se glissa hors de son lit. Elle se faufila dans les couloirs, dévala les escaliers en colimaçon, traversa les salles immenses, personne dans le château n'osa lui barrer la route. Chaque pas la faisait souffrir. Chancelante, elle traversa le pont-levis. Elle descendit la colline, jeta un regard au loin, vers la forêt, et se dit : « C'est là-bas que je dois me réfugier, là-bas ! »

« C'est terrible, pensait Marike, mais quelle belle histoire ! »

– Quand elle eut atteint l'orée du bois, poursuivit le Diable en lançant des regards inquiets autour de lui, Aude perçut le galop rythmé des chevaux ferrés et elle entendit les ordres cinglants de Roland. Elle déposa la petite fille sur un tapis de tormentilles. Elle joignit les mains. « Ô sainte Marie, mère de Dieu, murmura-t-elle pieusement, veillez sur mon enfant. » Après cette brève prière, elle se pencha et embrassa sa fille. « Nous nous reverrons au ciel », lui dit-elle. Elle reprit sa course, elle tentait d'attirer Roland et ses hommes dans la forêt, loin du carré de tormentilles. Quand les sabots des chevaux furent à deux doigts de la piétiner, elle se laissa tomber à genoux. Les chevaux se cabrèrent, Roland tira son épée. Aude releva sa chevelure. Son cou blanc brillait à la lueur de la lune.

Marike secoua la tête pour dire non.

Le Diable tourna les yeux vers elle.

« Il a les yeux ouverts, se dit Marike, mais il ne me voit pas. »

Sur le même ton, le Diable poursuivit :

– Roland se signa et, d'un seul coup d'épée, il trancha la tête de la belle Aude.

Dirc et Monne se cachèrent le visage dans les mains.

– Marie avait entendu la prière qu'Aude lui avait adressée. Du ciel, elle regardait la terre. La petite fille couchée sur le tapis de tormentilles l'attendrit. Elle descendit sur terre, elle la prit dans ses bras et lui dit : « Oui, tu portes en toi tous les péchés du monde, mais je te pardonne ces fautes dont tu ignores tout et je te baptise "Tormentille". » Elle prit les traits d'un vieillard, elle pénétra dans la forêt, elle construisit une cabane et prit soin de la petite fille. Quand celle-ci fut assez grande, que le bout de son nez commença à toucher la pointe de sa barbe, Marie lui dit : « Je suis un vieil homme, Tormentille, je n'ai plus longtemps à vivre. Il est temps pour toi de découvrir le monde. Les gens reconnaîtront ta candeur. Tu seras comme les animaux. Comme eux, tu ne porteras pas le péché en toi. Après ta mort, les ménestrels chanteront ton histoire à en perdre la voix. » Tormentille partit à la découverte du monde. Ceux qui croisaient son chemin sentaient le poids de leurs péchés peser sur leurs épaules. Ils s'agenouillaient sur son passage et imploraient son pardon.

Le Diable se tut. Des larmes roulaient sur ses joues.

Monne et Dirc portèrent à la bouche leur bouteille de bière.

Marike renifla.

« D'où tient-il cette belle histoire ? Pourquoi n'est-elle pas dans *L'humanité est une farce ?* »

— Allons, cesse de pleurnicher, lança Isabella au Diable. On ne s'attendrit pas sur son propre sort.

— Moi aussi, on m'a trouvée dans les tormentilles, déclara Marike.

Le Diable hocha la tête.

— Tu le lui avais dit, n'est-ce pas ? demanda Isabella. Ah, c'est un ménestrel, un rêveur !

— Un ménestrel ? répéta Marike.

Le Diable retira sa capuche à cornes, puis il secoua ses longs cheveux en riant.

— Mon nom est Joachim, dit-il à Marike.

10

Où Marike, habillée en fille, se promène dans une foire très animée et où magistère Esculape monte sur une estrade

Au beau milieu de la nuit, la Comtesse fit un mauvais rêve. Elle était assise sur un siège en chêne, loin de son lit. La clarté de la lune filtrait à travers les barreaux de la fenêtre et elle éclairait sa silhouette.

– Sortez, cria-t-elle, puis elle se réveilla.

Elle jeta un regard autour d'elle. Il n'y avait personne.

– Comment osez-vous ? murmura-t-elle.

Une peau d'ours était étalée à ses pieds. Dans la gueule de l'animal, les dents étaient blanches, de vraies dents. Les yeux étaient vert-jaune, des yeux de verre.

« Toi, tu es mort, moi, je suis en vie », pensa-t-elle.

Elle se dirigea vers la porte à deux battants et l'ouvrit avec précaution.

— Vous dormez ! lança-t-elle à ses gardes du corps qui dodelinaient de la tête.

Ils sursautèrent et, de concert, ils s'écrièrent :

— Non, dame, oh non !

— Vous ne m'avez pas entendue ouvrir la porte. N'importe qui aurait pu s'introduire dans mes appartements.

Les gardes du corps s'empressèrent de croiser leurs lances.

— Espèces de nigauds, allez chez magistère Esculape et ramenez-le-moi.

Les gardiens se rendirent en bâillant aux appartements de magistère Esculape. Ils tirèrent de son lit l'homme au ventre rebondi. Quand ses pieds touchèrent la pierre froide, il se réveilla en sursautant.

— Qu'ai-je fait de mal ?

Il écarquillait les yeux tant il avait peur.

— Nous te conduisons chez la Comtesse, déclara l'un des gardes du corps.

Magistère Esculape passa une cape de fourrure sur ses épaules, enfila ses souliers de satin et marmonna une brève prière.

Alors qu'ils étaient en route pour les appartements de la Comtesse, il ne cessait de sautiller entre les deux gardes. Il soulevait les pans de sa chemise de nuit pour ne pas trébucher.

— La Comtesse est-elle très mécontente ? demanda-t-il inquiet.

Les gardes bâillèrent.

« Ils bâillent, se dit-il. Je ne suis plus dans ses bonnes grâces. Je serai bientôt chassé par les chiens. »

On le poussa sans ménagement dans les appartements de la Comtesse.

On claqua la porte à deux battants derrière lui.

De sa fenêtre, la Comtesse contemplait la ville au bas de la colline. Elle n'apercevait que les clochers de l'église.

Lentement, elle se tourna vers magistère Esculape.

— J'ai fait un mauvais rêve, lui dit-elle.

Magistère Esculape poussa un soupir de soulagement. Il n'était pas tombé en disgrâce.

— Dame de haut parage, vous êtes en costume d'apparat. Pour dormir en paix, il est préférable de porter des vêtements de nuit et de s'allonger dans un lit. Dormiez-vous dans votre fauteuil ?

— Je ne dormais pas, répliqua la Comtesse. Comme je vous l'ai dit, je faisais un cauchemar.

— On ne peut faire des cauchemars que si l'on est endormi. Soyez raisonnable, noble dame, enfilez une chemise de nuit, étirez-vous bien, vous ferez de beaux rêves.

— Non, répliqua la Comtesse. Je ne veux pas que la mort me surprenne dans mon lit.

— Ah ! fit magistère Esculape, puis il se tut.

— Ne souhaitez-vous pas connaître le contenu de mon rêve ?

— Si, bien sûr, dites !

— J'étais dans cette pièce. J'étais entourée de femmes et d'hommes en haillons. Ils s'étaient détournés de moi. Je ne voyais que leurs dos.

— Quel manque de politesse !

— Dans un cauchemar, on ne se soucie guère des convenances. Je me dirigeai vers cette assemblée silencieuse. Le temps me semblait long. Je ne voyais toujours que leurs dos. Ils tournèrent leurs visages vers moi. Ils n'avaient pas de bouches.

— Pas de bouches ?

— Du nez au menton, une peau blanche et lisse. Ils s'avançaient à pas lents. Ils tendaient leurs bras vers moi, en implorant, comme le font les mendiants. Quand ils ne furent plus qu'à quelques pas, je vis que leurs mains ressemblaient à des griffes. Je les chassai.

— Et à ce moment-là vous avez ouvert les yeux ?

— Je n'avais pas les yeux fermés. Tout s'est passé ici, dans cette pièce.

Elle lança un regard sévère à son médecin.

— Vous êtes tous des mendiants, se récria-t-elle. Dans ce château, je n'ai personne à qui parler.

— Le jonkheer[1] vous manque-t-il ?

— Non, coupa la Comtesse. Il est mort depuis quinze ans. Il sentait mauvais comme un putois, et

---

1. Titre de noblesse en Hollande, correspondant au rang d'écuyer en France.

même pire. Dès qu'un autre que lui prenait la parole, il s'endormait.

– C'était un homme courageux. Mais il était d'humeur changeante. Son rang social était inférieur au vôtre, une position peu confortable pour un homme.

La Comtesse se retourna vers la fenêtre.

– Personne ici n'ose me parler franchement. Demain, c'est jour de foire. Va à la ville. Ramène-moi les baladins. J'ai besoin de me distraire.

Marike était plongée jusqu'au menton dans une cuve d'eau.

Elle hurlait à fendre l'âme, tandis qu'Isabella la frottait vigoureusement des pieds à la tête.

La jeune femme lui dit :

– Tu sais, j'ai été servante chez des gens bien. Le valet de chambre était un prince oriental qui avait fui son pays. Eh bien, il m'a appris qu'il fallait se laver régulièrement. Tu ne veux tout de même pas sentir le vieux bouc ?

Margot était assise sur un tabouret non loin de la cuve. À l'aide d'une paire de ciseaux, elle coupait dans de vieilles nippes. Elle tenait une énorme aiguille et du fil pincés entre ses lèvres.

– Tu auras bientôt l'air d'une fille, dit Isabella. Tu pourras faire la fière.

– Pourquoi je devrais avoir l'air d'une fille ?

– Parce que tu es une fille.

Marike recracha une bonne gorgée d'eau.

— Tout être humain doit se laver les pieds tous les jours et consommer une assiette de bouillie au lait de chèvre.

— Consommer ! Voyez-moi un peu ce vocabulaire !

— Et lire chaque jour quelques pages d'un livre.

— Pourquoi on ne se laverait que les pieds ?

— Je ne sais pas, répliqua Marike, mais c'est comme ça.

— Quand tu seras propre, tu auras droit à un morceau de pain et à une écuelle de bouillie au lait de vache.

— Le pain, volontiers. Mais pour ce qui est de la bouillie, je demande à sentir d'abord.

— Et dis-moi un peu, ma mignonne, quel genre de livre lis-tu ?

— *L'humanité est une farce*, répondit Marike. Le plus beau livre du monde. C'est un moine qui l'a écrit.

Margot leva les yeux en retirant l'aiguille et le fil de sa bouche.

— Un moine ! fit-elle.

— Oui, un moine. Il s'était enfui du monastère.

— Tu le connais, ce moine ? demanda-t-elle.

— Non. On l'a surnommé « le moine fou ». C'est lui qui a offert le livre à Archibald.

— J'ai connu un moine, déclara Margot, l'œil pétillant. Il s'était enfui du monastère. Il était fou, pour sûr, mais je ne crois pas qu'on l'ait surnommé « le moine fou » ! Il s'appelait Théodore. Il détestait les

hommes, mais moi, il m'aimait. Un jour, je lui ai dit :
« Tu vas bientôt avoir un fils, ou une fille. » Il est
parti sans laisser d'adresse.

Margot replaça l'aiguille et le fil entre ses lèvres et
reprit tranquillement son ouvrage.

– Qu'est-ce qu'elle fait, Margot ? demanda Marike
à Isabella.

– Elle est en train d'ajuster des vêtements à ta
taille.

Elle souleva Marike pour la sortir de la cuve.

– Tu es propre comme un petit cochon après une
bonne averse.

– Je ne reconnais plus mon odeur ! s'exclama
Marike d'un air mécontent.

Isabella et Margot lui enfilèrent les vêtements que
cette dernière venait de raccourcir.

Marike sentit la veste bien ajustée à son buste.
Elle constata que la robe lui tombait jusqu'aux che-
villes.

– Je vais mourir là-dedans ! s'exclama-t-elle.

– Si tu crois que tu es sur terre pour ton bon plaisir.

– Pourquoi pas ?

– Il faut reconnaître, fillette, que tu poses des questions pertinentes.

– Qu'est-ce que c'est, des *questions pertinentes* ?

– Tu viens d'en poser une. Une question pertinente,
c'est une question à laquelle une personne normalement intelligente n'a pas de réponse toute prête.

Elle s'esclaffa.

– Marike, Marike, s'écria-t-elle, tu es à croquer !

– À *croquer*, qu'est-ce que ça veut dire ?

– Ça, répondit Isabella en embrassant Marike sur les deux joues.

– Tu veux dire embrasser. C'est ce qu'ont fait le Diable et l'ange. Embrasse-moi encore une fois !

Isabella s'accroupit. Elle saisit Marike par les épaules et l'embrassa sur le front et sur les joues.

– Ça ira comme ça ?

Marike la regardait d'un air très sérieux.

– Tu n'aimes pas qu'on t'embrasse ?

– Tes lèvres sont humides.

– Les femmes qui ont les lèvres sèches font brûler la bouillie et, à force d'être bougonnes, elles attrapent des boutons.

– Embrasse-moi encore, demanda Marike.

Isabella l'embrassa encore une fois. Cette fois-ci, elle s'appliqua.

Marike se laissait faire sans sourciller.

– Se laver les pieds, consommer de la bouillie au lait de chèvre et lire le plus beau livre du monde, énuméra Isabella, c'est bien joli tout ça, mais ne crois-tu pas qu'on devrait aussi s'embrasser tous les jours ?

– Tu sens bon, chuchota Marike.

Le visage d'Isabella se trouvait tout près du sien. À son tour, elle embrassa Isabella. À chaque baiser, ses lèvres effleuraient la joue veloutée de la jeune femme.

– Tu me chatouilles, s'écria Isabella. Et tu y mets tout ton cœur, hein ? Tu vas me faire rougir.

Margot s'approcha.

Les deux femmes soulevèrent la fillette. En la tenant fermement, elles la firent asseoir sur le bord de la cuve.

– Regarde-toi, lui dit Margot.

Marike examina son reflet dans l'eau.

Elle constata qu'un bonnet dissimulait ses cheveux courts.

– Ce n'est pas moi !

– Qui est-ce alors ?

– Une fille.

– Cette fille, c'est toi.

– C'est vrai ?

Margot et Isabella posèrent Marike par terre.

Marike fit le tour d'Isabella. Elle fit le tour de Margot.

– Regarde-la faire ! Une vraie demoiselle !

Isabella et Margot retroussèrent leurs jupes et s'inclinèrent devant Marike. Elles s'efforçaient de garder leur sérieux.

Marike, l'air grave, observait les deux femmes qui semblaient beaucoup s'amuser.

« Je suis peut-être la fille d'une belle dame et d'un brave chevalier, pensa Marike. Comme Tormentille. »

Elle salua courtoisement Isabella et Margot. Avec beaucoup de distinction, elle s'éloigna.

Devant la grande roulotte, elle s'arrêta.

Dirc et Monne étaient en train de planter les derniers clous d'une estrade attenante à la roulotte. Ils chantaient une chanson dont Marike ne comprenait pas les paroles. Elle ferma les yeux et tendit l'oreille. Les hommes s'interrompirent brusquement.

Marike ouvrit les yeux et sursauta.

Près du podium se tenait une femme mince et élancée. Elle était vêtue d'un habit blanc. Un voile tombait élégamment sur son cou. Son visage était presque aussi blanc que son vêtement.

Marike retint son souffle.

La femme se tenait immobile. Le soleil matinal dardait ses rayons dans son dos, elle semblait transparente.

« C'est une apparition », se dit Marike.

La femme en blanc lui fit signe. Marike s'avança vers elle à pas lents.

– Qui es-tu ? demanda la dame.

Sa voix ne lui était pas inconnue.

– Je m'appelle Marike. Ma mère m'a déposée au beau milieu des tormentilles.

La main de la dame effleura l'épaule de Marike. Elle était fine et blanche.

Marike avait déjà vu cette main-là.

– Je suis la Vierge Marie, déclara la dame d'une voix chantante. La mère de Notre-Seigneur. Tu as écouté l'histoire qu'a racontée Joachim, n'est-ce pas ? Tu sais combien j'ai pris soin de Tormentille.

– Tu es Joachim, qui est aussi le Diable, déclara Marike.

– Si on allait tous les deux libérer Jean des Rats ?

– Sans ours ? Ça ne marchera jamais, répondit-elle.

– La veuve noire a peur des ours ?

– Elle en a sûrement une peur bleue.

– C'est un vilain animal.

– Et elle a très peur du Diable.

– Alors nous allons demander au Diable de nous aider.

– Oui. C'est toi le Diable, quand tu portes ta capuche à cornes.

Joachim, qui était Marie à présent, émit un petit rire.

– Tu es beau quand tu joues Marie. Marie a été très gentille pour Tormentille. Sa mère était une dame. Ma mère est peut-être une dame elle aussi. Peut-être a-t-elle aussi tenté d'échapper à la colère d'un chevalier qui voulait lui couper la tête.

– Une femme t'a déposée dans les tormentilles. Tu es sa fille. C'était peut-être une reine, ou une pauvre orpheline, ou bien une grosse boulangère qui fuyait la guerre.

– Ou une femme qui avait peur. Peur de la peste noire, ajouta Marike.

Joachim observait Marike en silence.

– Oui, dit-il à voix basse. Une femme atteinte de la peste noire. Elle se sera dit : « Marike n'a pas encore été contaminée, il faut que je me montre plus rusée que l'épidémie. » Elle t'a couchée dans les tormentilles et elle a souri à la peste noire pour l'attirer loin de toi. Si telle est ton histoire, Marike, ta mère t'a sauvé la vie.

Marike hocha la tête.

— La Vierge Marie, c'est la mère de Dieu ? Si Dieu a créé le monde, il ne peut pas avoir de mère ?

— C'est un mystère. Tu n'as rien lu sur Marie dans ton fameux livre ?

— Non. Pas un mot sur Marie, répliqua Marike d'un ton sec.

— Son nom n'y est pas mentionné une seule fois ? C'est du joli !

Joachim regarda Marike droit dans les yeux.

Elle se dit : « Marie a les yeux du Diable. »

Joachim tira la langue et roula des yeux.

Marike rit.

Il agita la langue et fit toutes sortes de grimaces.

— Qui préfères-tu être, Marie ou le Diable ?

— Nous sommes des baladins, Marike. À vrai dire, nous sommes en marge de cette humanité dont tu parles. Tu n'aimerais pas rester avec nous ?

— Isabella m'a embrassée et je l'ai embrassée moi aussi.

— Aujourd'hui je joue Marie, demain je jouerai un vilain renard. Après-demain un riche chevalier qui tombe amoureux d'une jeune paysanne et meurt de chagrin le jour où il découvre la chère enfant sans vie, parmi les fleurs. Reste avec nous, Marike, tu ne t'ennuieras pas.

— D'accord, plus tard, je resterai avec vous.

Marike, vêtue de ses beaux habits, avait envie d'aller à la foire.

— Ne perds pas des yeux les deux clochers, lui recommanda Margot. Tout à l'heure, nous donnerons un spectacle : *Mascaron, le conseiller du Diable*. Le public l'adore. Le gros Dirc joue Dieu, ce rêveur de Joachim joue Marie et Monne, le maigrichon, joue Mascaron et Toutlemonde.

— Toutlemonde ? Comment peut-il jouer tout le monde ?

— C'est son nom, bêtasse. Monsieur Toutlemonde. Il ne faut surtout pas rater le spectacle. Tu y apprendras que Dieu pardonne au pécheur repenti. Même à une toute jeune pécheresse comme toi.

— Je suis une pécheresse, moi ?

— Pour sûr ! Tout être humain est un pécheur.

— Pourquoi ?

— Ne pose pas tant de questions. Je ne connais pas les réponses. Moi, je m'occupe de servir la soupe après le spectacle.

— Elle est bonne, ta soupe ?

— Ma soupe est si épaisse qu'elle colle au doigt quand on le trempe dedans.

Marike s'en alla.

La foire était partout.

Dans les rues, Marike avait du mal à se faufiler entre les étals et les acheteurs avides. On vendait de tout : des pots et des plats, des draps et des tapis, des chausses, des jupes et des bonnets. Des marchands au teint basané, aux doigts chargés de bagues en or, la tête couverte d'un turban, vantaient leurs épices.

Marike éternua plusieurs fois.

Sur la grande place du marché, près de l'église, la foule était encore plus dense que dans les rues alentour.

On jouait de la musique, on poussait des cris, on riait.

Des chèvres reniflaient la poussière des rues, pas le moindre brin d'herbe à la ronde. Un petit singe, juché sur l'épaule d'un vieillard, tremblotait au soleil. Un homme en colère provoqua une petite bousculade en poursuivant un voleur.

Vêtue de sa jupe, de son corsage bien ajusté et de son petit bonnet, Marike ressemblait aux autres petites filles. Personne ne faisait attention à elle.

Marike apercevait ici et là des gens vêtus de noir.

« Il ne faut pas que j'oublie la veuve noire et Jean des Rats », se dit-elle. Elle s'arrêta et observa longuement un ours qui dansait. Un homme jouait de la flûte. L'ours, la tête penchée de côté, les pattes de devant repliées, piétinait lourdement le sol souillé.

« Il ne faut pas se fier à lui, se dit Marike. Il cache ses dents. Il dissimule ses griffes acérées. Je connais bien ces façons de faire. »

L'ours cessa de danser. Il la considérait avec convoitise. Elle comprit qu'elle lui faisait très envie.

« Non, se dit Marike, avec toi, je n'irai pas loin ! »

Elle poursuivit son chemin, puis elle se trouva par hasard près de l'église. Des jeunes femmes jetaient des fleurs sur les marches d'un large escalier de pierre. Des petits enfants se poursuivaient. Comme la veille, les deux portes, hautes comme des maisons, étaient grandes ouvertes. Marike redoutait toujours cet espace plongé dans la pénombre. Mais peut-être la Comtesse se trouvait-elle à l'intérieur de l'église.

Marike avait très envie de la revoir. Elle gravit les marches. Ses mules étaient trop grandes pour elle. Elle risquait à chaque pas de les perdre.

Finalement, l'intérieur de l'église n'était pas aussi sombre qu'elle le croyait.

Les hauts murs épais atténuaient le brouhaha du marché. La foire semblait tout à coup à des lieues d'ici. Le soleil faisait scintiller les vitraux aux multiples couleurs. Certaines laissaient passer la lumière, d'autres pas. De longs rais perçaient par endroits.

Marike retint son souffle.

Le tout étincelait devant ses yeux. Il lui fallut un moment pour comprendre que les couleurs représentaient une scène. Elle finit par distinguer trois hommes vêtus de robes rouge mat, qui portaient de grandes ailes dans le dos. Ils étaient comme suspendus au-dessus d'un baquet dans lequel était allongé un nourrisson.

Dans *L'humanité est une farce*, les illustrations n'étaient pas aussi jolies.

« Ça alors ! » se dit Marike.

Elle longea les bancs de bois.

« Quelle grande maison ! » se dit-elle.

Elle s'arrêta près d'une femme immobile. Elle portait une robe d'un gris terne et un foulard qui lui couvrait la tête et tombait en plis sur le cou. Dans ses bras, elle tenait un enfant. La mère et l'enfant étaient de pierre.

Marike pensa à Joachim quand il jouait Marie.

– Tu es Marie, dit Marike. Cette petite fille est à toi ou tu l'as trouvée ?

Elle se dressa sur la pointe des pieds pour examiner l'enfant nu.

– Un petit garçon, constata-t-elle, déçue.

Marie restait immobile, Marike aussi. Un petit toussotement rauque se fit entendre derrière elle.

Marike tourna la tête.

Des cierges dans un grand chandelier dispensaient une faible lumière. Près du chandelier se tenait un homme presque chauve. Ses mains étaient cachées dans les manches de sa soutane noire.

– Tu as fait teindre tes vêtements par la veuve noire ? lui demanda Marike. Tu ne devrais pas. C'est une méchante femme.

– De qui parles-tu, mon enfant ?

Marike montra la statue de Marie.

– Pourquoi l'enfant n'est pas une fille ?

L'homme écarquilla les yeux.

– Il est à elle, ou elle l'a trouvé dans les tormentilles ?

– Il est le fruit de ses entrailles.

– Il est bien grassouillet, tu ne trouves pas ?

– Je trouve que tu prends beaucoup de libertés pour parler de Dieu et de sa mère, coupa l'homme. D'où viens-tu ?

Marike montra la statue de pierre.

– C'est Dieu, cet enfant ? demanda-t-elle sans cacher son étonnement. Ça alors ! Dieu, c'est bien un vieillard qui porte une barbe blanche ?

– Cet enfant est le fils de Dieu.

– Marie et Dieu se sont embrassés ?

L'homme poussa un soupir.

– Marie est la mère de Dieu. Tu ne comprends rien au miracle dont nous devons vénérer le souvenir.

– Je ne savais pas que Dieu avait une mère.

L'homme se signa.

Marike se souvint qu'elle avait vu la veuve noire et les femmes en noir se signer. Cela ne présageait rien de bon, elle le savait par expérience.

– Tu veux me faire rôtir ? demanda-t-elle d'un ton aimable.

– Non, répondit l'homme. Heureux les simples d'esprit !

– Ma mère, poursuivit Marike, m'a déposée dans les tormentilles. « Prenez soin de Marike », oui, c'est ce qu'elle avait écrit de son propre sang sur ma brassière.

– Alors tu t'appelles Marike.

– Oui, répondit-elle fièrement.

– Ton nom est un dérivé de Marie, mon enfant.

– Il ne faut pas que Marie dépose son enfant dans les tormentilles. Il faut qu'elle le garde avec elle.

Elle tourna les talons et se dirigea vers la place du marché inondée de soleil.

Dans les rues, Marike croisait partout des mères accompagnées de leurs enfants.

Pourquoi ne les avait-elle pas remarquées plus tôt ?

Un enfant pleurait en s'agrippant aux jupes de la sienne.

C'était la première fois que Marike entendait quelqu'un pleurer.

Elle se promit de ne plus jamais le faire, tant les pleurs lui semblèrent ridicules.

Elle se trouva encerclée par des enfants. Une femme de taille gigantesque leur distribuait des pommes.

« On dirait une poule et ses poussins », pensa Marike.

Les enfants tournoyaient autour de la femme, ils hurlaient à tue-tête et tendaient les mains vers elle.

« Je vais la tirer par la jupe et je lui demanderai : "Tu me donnes une pomme ?" Elle ne remarquera pas que je ne suis pas l'une de ses filles. »

La femme décocha une bonne claque à l'une d'elles.

Marike se ravisa.

« Non, tant pis ! » se dit-elle.

Elle poursuivit son chemin.

Elle s'arrêta devant une charrette remplie d'oignons. Une femme assise derrière allaitait deux enfants, un à chaque sein.

— Ils sont tous les deux à toi ? demanda Marike.

— Dieu a été trop généreux.

Indiquant de la tête celui de gauche, elle dit :

— Je te donne la fille si tu veux.

— Non, répliqua Marike. Tu dois la garder et bien la choyer.

— Tu as cru que je parlais sérieusement, dit la femme en colère.

— C'est toi qui l'as dit.

— On dit tellement de choses. J'en ai douze autres à la maison. Comment vais-je faire pour les caser toutes ?

De la tête, elle montra l'enfant au sein droit.

— C'est mon seul petit gars. La prunelle de mes yeux.

La petite fille lâcha le téton gauche, tourna la tête par à-coups et dévisagea Marike de ses grands yeux.

« Tiens, se dit Marike, ai-je tété le sein de ma mère moi aussi ? Pourtant je ne m'en souviens pas. »

— Essaie de t'en souvenir, toi, dit-elle à la petite fille.

Celle-ci lâcha un rot.

— Ma mère, poursuivit Marike en s'adressant à la femme, m'a déposée dans les tormentilles. De son sang, elle a écrit sur ma brassière : «Prenez soin de Marike.» Puis elle est partie.

— Qui t'a raconté cette histoire ? Les enfants racontent n'importe quoi, j'en sais quelque chose.

— Ma mère est peut-être une dame.

La femme eut un rire bref.

— Une dame ? Je crois plutôt que c'est Marie la Folle, oui.

— Qui est Marie la Folle ? demanda Marike avec curiosité.

— Elle boit, elle couche avec le premier venu et après elle se débarrasse de ses rejetons.

— Non, fit Marike gravement. Ma mère n'était pas folle, elle a écrit de son propre sang parce qu'elle n'avait pas d'encre. Quand je marche pieds nus sur la glace, je saigne du nez. J'ai essayé d'écrire avec le sang qui coulait de mon nez. Je n'y suis pas arrivée.

— Tu parles du sang comme si c'était de l'encre ! s'écria la femme d'un air horrifié.

Elle s'agitait tant en parlant que le garçonnet laissa échapper le téton. Il se mit à brailler.

— Tu fais peur à mon garçon, hurla la femme.

La fillette, dans un sursaut, en fit autant.

— Ma mère sait lire et écrire. Joachim aussi sait lire et écrire. Hier il était le Diable, aujourd'hui il est Marie. Et toi, tu sais lire et écrire ?

— Que le diable t'emporte ! dit la femme en criant pour se faire entendre. J'en ai assez de tes balivernes, fiche-moi le camp d'ici !

Les cloches de l'église se mirent à sonner à toute volée.

Marike sursauta, puis elle leva les yeux.

Les deux clochers de l'église étaient loin.

– Oh non, j'en oublie le spectacle !

Elle retroussa sa jupe jusqu'aux genoux et détala. Elle perdit plus d'une fois ses mules qui, trop grandes pour elle, la freinaient dans sa course.

Archibald, après une longue marche, venait d'arriver en ville. Il se promenait le long des éventaires.

« Les gens continuent à s'agiter », se disait-il.

Il s'arrêta près d'une chèvre dont le ventre pendait.

– Aurais-tu vu une petite fille au nez tout noir ? demanda-t-il au marchand. Une petite fille qui porte des culottes en peau de lièvre et les cheveux coupés court. Une petite fille qui veut acheter une chèvre, mais qui n'a pas de deniers.

– Non, répliqua l'homme. Pousse-toi, ne reste pas dans mes pattes.

– C'est vous qui êtes dans mes pattes. Vous tous.

– Si tu ne veux rien acheter, déblaie le plancher !

– Je veux acheter ta chèvre.

– Trois deniers.

– Deux deniers. Elle a le ventre qui pend.

– Les autres, c'est quatre deniers.

Archibald lui remit trois deniers. Il partit en tirant la chèvre derrière lui. Au bout de la rue, il s'arrêta.

Il dit à la chèvre :

– Tu seras bien chez moi.

Elle mâchonna le pan de sa veste.

– Ne te gêne pas.

Elle lui mordilla la main.

– Je suis heureux de constater que tu me trouves à ton goût.

Archibald et sa chèvre avançaient au hasard sur la grande place du marché, près de l'église.

– Marike, Marike, grommelait Archibald, où es-tu passée ?

Aucune des petites filles qu'il croisait ne lui ressemblait. Près de l'église, il s'arrêta.

Sur une estrade faite d'un bois noueux, un homme rebondi, vêtu d'une soutane blanche, arpentait la scène. Il portait une barbe poivre et sel. Un autre, maigre celui-là, se cachait derrière deux malles. Seul apparaissait son visage apeuré.

– Hé, fit Archibald en s'adressant à sa chèvre, une troupe de comédiens. De joyeux lurons. Si on allait voir ?

Archibald et sa chèvre se mêlèrent à l'assistance. Il leur fut facile de trouver une place.

– Moi, si je suis venu, c'est pour rigoler un bon coup, s'exclama un grand costaud, mais Dieu et Marie, c'est barbant, non ?

Il tenait fermement sous son bras une oie qui cacardait.

Sur l'estrade, le gros écarta les bras.

— Toutlemonde, s'écria-t-il, tu ne peux te dissimuler au regard de Dieu, tu le sais bien.

— De quoi il s'agit ? demanda Archibald à l'homme qui tenait l'oie.

— De Dieu et de sa mère et d'un certain Mascaron. Le grand, là-bas, c'est Toutlemonde, un drôle de coco d'après moi.

— Là, là, criaient quelques spectateurs en montrant Toutlemonde du doigt.

Ce dernier disparut derrière les malles.

— Ils ont commencé depuis longtemps ? demanda Archibald.

— Ça fait un petit moment. J'espère que c'est bientôt fini, parce que je sens que mon oie ne va pas tarder à me faire caca dessus. Le gros, c'est Dieu. Toutlemonde se cache derrière les malles. C'est le même qui a joué Mascaron juste avant. J'y comprends rien !

Sur l'estrade, Toutlemonde quitta sa cachette et s'inclina devant Dieu.

— Tu t'es mal conduit, Toutlemonde, raconte.

— C'est trop pour tout vous raconter. J'ai fait de la peine à ma mère en pissant dans tous les coins de la maison.

Comme les spectateurs s'esclaffaient, Toutlemonde se tut.

— J'ai frappé mon père, poursuivit-il quand les rires eurent cessé. J'ai chapardé comme un renard affamé, j'ai juré comme un charretier, j'ai menti comme la femme aux six amants. J'ai trompé les curés, j'ai trahi mes amis, j'ai glissé mes sales pattes dans la tirelire de pauvres veuves. Tout ça, ce ne sont que des bagatelles. Mes vrais péchés, je n'ose pas les avouer, pas même au Diable.

— Ce n'est pas très joli tout ça. Mais au moins tu es franc.

— Tu vas voir, Toutlemonde pourra bientôt s'asseoir à la droite de Dieu. Retiens bien ce que je te dis.

— Autant de péchés, même moi, je ne fais pas le poids à côté, dit l'homme avec son oie.

— Je le regrette, hurla Toutlemonde avant de se laisser tomber à genoux devant Dieu. Je suis votre humble serviteur, ô mon Père, je ne savais pas ce que je faisais ! Envoyez-moi en enfer. Je ne mérite pas mieux.

Dieu secoua longuement la tête, il prenait tout son temps.

— Tes regrets, hurla-t-il brusquement, seront ton salut. Tes péchés te sont pardonnés. Lève-toi et embrasse-moi sur les deux joues.

Un soupir ému s'éleva de l'assistance, Archibald eut un petit rire ironique.

Toutlemonde bondit et embrassa Dieu avec enthousiasme.

Une femme en blanc monta sur la petite estrade. Elle joignait les mains et levait pieusement les yeux vers les deux hommes.

— Les gens agissent n'importe comment, déclara

Archibald. Ils s'imaginent qu'ils peuvent mener une vie de rat qui a mal aux dents, pourvu qu'ils s'en repentent. Balivernes !

Les spectateurs tapaient des mains en criant :

– Bravo !

Les acteurs saluèrent.

Un homme ventru, vêtu de noir, monta sur l'estrade.

– Tiens donc, s'exclama Archibald. Magistère Esculape, une vieille connaissance ! C'est lui qui m'a fait chasser de la ville.

La chèvre tiraillait Archibald par le pan de sa veste.

– Assez ! lui dit Archibald. Rentrons. Marike a dû regagner la forêt hantée depuis un bon moment. Elle va se demander où nous sommes. Tu crois qu'elle est rentrée ?

La chèvre se contenta de mâchonner.

Sur l'estrade, magistère Esculape tapa dans ses mains avec autorité.

– Demain, déclara-t-il, vous rejouerez au château cette pièce intitulée *Mascaron*. Vous devrez distraire la Comtesse avec des histoires tristes et des histoires drôles.

Dieu, Marie et Toutlemonde étaient visiblement flattés. Ils s'inclinèrent puis, à leur tour, ils tapèrent des mains.

Une paysanne qui se tenait près d'Archibald ne put retenir ses larmes.

– Ne vois-tu pas que Marie n'est autre qu'un jeune homme imberbe ?

Elle sécha ses larmes du coin de son tablier.

– Oh ! c'était merveilleux, s'exclama-t-elle. Je pourrai dire à mon homme que j'ai vu Dieu et Marie en personne.

Dieu tendit la main à une petite fille pour l'aider à monter sur l'estrade. Elle se précipita vers le jeune homme déguisé en femme. Il la souleva et la prit dans ses bras. Ils rirent ensemble.

Archibald en eut les larmes aux yeux.

– Les enfants sont gentils, dit-il à sa chèvre. Et aussi innocents que les bêtes. Ce jeune homme doit être son père.

La chèvre s'apprêtait à mâchonner de nouveau le pan de sa veste.

– Pauvre Marike, poursuivit-il, si elle n'avait pas grandi dans la forêt hantée, elle porterait elle aussi une jupe et un joli bonnet, comme cette petite fille.

La chèvre appliqua le bout de son nez humide contre la main d'Archibald.

– Nous avons un bon bout de chemin à faire, conclut-il.

La lune était presque pleine.

Les ronflements de Dirc résonnaient partout à la ronde, les chiens du cimetière se mirent à hurler.

Joachim dormait au clair de lune, sur la plateforme de sa roulotte.

Derrière lui, Isabella débarrassait la roulotte de bouteilles en grès vides.

Marike était allongée sur une pile de costumes. Elle ne dormait pas, elle essayait d'imiter les ronflements de Dirc.

« Dieu merci, se dit Isabella, ils dorment. Ils ont bu comme de vieux sacristains. »

– Pourquoi étaient-ils si contents ? demanda Marike.

– Ils étaient contents parce que la Comtesse a demandé à voir ce qu'ils savent faire.

Elle jeta la dernière bouteille vide.

– Méfie-toi des bouffons et des ménestrels, mon petit. Ils se croient au-dessus des gens ordinaires, même des nobles et des magistrats. En apparence seulement ! Dès qu'un notable daigne leur faire l'aumône, ils s'inclinent bien bas. Pourquoi tu ne dors pas ?

– J'ai trop bu.

– Trop bu ?

– J'ai bu une grande gorgée de vin.

– Il est temps de dormir.

Isabella vint s'asseoir près de Marike. Elle passa les bras autour de ses jambes repliées et posa la tête sur ses genoux.

– Je n'en peux plus, dit-elle d'un ton maussade. Pour les hommes les applaudissements et les distractions, pour nous les soucis : faire cuire les carottes dans l'eau saumâtre, tapoter pendant une heure le ventre de l'âne malade, enduire de poix un tonneau percé jusqu'à s'en arracher les ongles. Je suis fatiguée, fatiguée, fatiguée. Je ne sais même plus comment je m'appelle. Dis-le-moi : comment je m'appelle ?

— Isabella, répondit Marike.

Elle se blottit contre elle.

— Demain, nous allons au château de la Comtesse. Je ne sais pas ce qui nous attend. Si ce que nous allons jouer ne plaît pas à la noble dame, nous recevrons peut-être des coups de bâton. C'est comme ça ! Si les gens n'aiment pas vos chansons, ils vous en veulent.

— Elle n'a pas de nom, la Comtesse ?

— Elle en avait un dans le temps. Puis un beau jour, elle a déclaré : « Il sera désormais interdit à qui que ce soit de prononcer mon nom. » Même le jonkheer devait s'y tenir.

— Qui est-ce, le jonkheer ?

— Il est mort. C'était son mari. Il était toujours soûl.

— Pourquoi il n'était pas comte ?

— La Comtesse avait hérité des comtés. Elle voulait un fils ou une fille dont le père ne soit pas un homme imbu de lui-même. C'est pourquoi elle a épousé un homme ordinaire. Elle ne lui a pas cédé une once de son pouvoir. Il ne lui a pas donné d'enfant.

— Pourquoi ne voulait-elle pas qu'on prononce son nom ?

— La Comtesse… ce titre impressionne. Tout le monde la craint.

146

– J'ai vu Marie à l'église. Elle porte un petit garçon dans ses bras. Ce petit garçon, c'est Dieu. C'est un homme en robe noire qui me l'a dit.

– Personne ne sait qui est Dieu, répondit Isabella.

– Archibald ressemble à Dieu. Un jour où la bruyère était en fleur, où le soleil était haut dans le ciel, j'ai aperçu un lapin. Il se tenait dressé sur ses pattes de derrière, les petites pattes de devant repliées sur le ventre. Il ne s'est pas enfui. Il m'a regardée comme s'il savait tout, comme s'il m'était bien supérieur. Je me suis dit : « Tiens, c'est Dieu ! »

– Non, Dieu n'est pas un lapin.

– Les lapins ne sont peut-être pas de cet avis.

Marike se mit à bâiller.

– Hier, j'ai vu le Diable, dit-elle d'une petite voix ensommeillée. Aujourd'hui, j'ai vu Dieu, un petit garçon en pierre. Tu sais…

– … ?

Elle ne termina pas sa phrase.

– Je sais quoi ? demanda Isabella.

– Tu sais, finalement je ne sais rien de l'humanité. Tu sais… je croyais que je savais tout.

– Moi non plus, je ne sais rien de l'humanité.

Marike se blottit encore plus près d'Isabella.

– Tu as froid ?

– Non.

– Tu me trouves bête ?

– Non, au contraire.

– Non, au contraire. Eh, c'est gentil ! Mon beau

ménestrel ne me fait jamais d'aussi gentils compli-
ments.

— Joachim, c'est le Diable et c'est aussi Marie, hein ?

— Bah, ni l'un ni l'autre. Joachim a mal au ventre
et se met à gémir quand il pleut et qu'il vente, et que
la roulotte reste bloquée dans la boue. Tu vois le
genre. Tu as envie de rentrer chez toi ?

— J'ai envie de rentrer et j'ai envie de rester avec
toi.

— Quand il fait froid, nous n'avons souvent rien à
nous mettre sous la dent.

— Oh ! répondit Marike, rêveuse, on peut déterrer
des racines, attraper une oie ou un canard, ou traire
la chèvre et faire de la bouillie. Ou bien manger des
faines. Je ne veux pas partir et, en même temps, je
voudrais être près d'Archibald. J'oublie quelqu'un.
Ah oui ! Jean des Rats.

— Mais qui est ce Jean des Rats, dis-moi ?

— C'est un petit garçon très maigre. Il est roux et il
est copain avec toute une bande de rats.

— Un petit gars qui sort de l'ordinaire !

11

Où Marike assiste à la représentation de « Mascaron », se met très en colère et se trouve de nouveau prisonnière

En début d'après-midi, les baladins prirent la direction du château. Marike les accompagnait. Margot, elle, était restée en ville pour garder les affaires et les deux petites roulottes.

Le vieux cheval tirait péniblement la grosse roulotte sur le chemin qui serpentait jusqu'au sommet de la colline.

Marike, Isabella et Joachim avaient pris place à l'avant, sur le siège du cocher. Dirc et Monne allaient à dos d'âne.

Isabella tenait les rênes.

Joachim chantait en s'accompagnant de son luth.

Je t'ai aimée en été, ma mie,
Toi, tu te languissais du froid,
Tu m'as quitté en hiver, ma mie,
Moi, j'attends l'été et me languis de toi.

– Ma mie, c'est qui, celle-là ? demanda Isabella d'un ton où perçait une pointe d'irritation.

– Elle n'existe pas, répondit Joachim.

– Qu'elle existe ou non, je ne l'aime pas.

– Nous allons bientôt rencontrer la Comtesse et elle nous rencontrera elle aussi, dit Joachim d'un air rêveur.

– J'ai déjà vu la Comtesse. Elle ne m'a pas vue, elle. Sa robe était aussi blanche que son cheval, déclara Marike.

– Qui regardait-elle ? Que regardait-elle ?

– Elle ne voyait rien et elle n'entendait rien.

– Elle voit tout. Elle voit au plus profond de nos âmes. Elle porte en elle toutes nos peines.

– Non mais, écoutez-moi ça ! s'exclama Isabella. Il ne l'a aperçue qu'une seule fois, et de loin.

Joachim chuchota à l'oreille de Marike :

– Elle est jalouse de la Comtesse.

– Pourquoi ? demanda Marike.

– Parce que c'est une femme. Elle est même jalouse de Marie quand je joue Marie.

– Je t'entends, tu sais. Je suis jalouse, certes.

Isabella fit claquer sa langue et adressa un clin d'œil à Marike.

— Celui-là, il voudrait être amoureux à longueur de journée.

— Qu'est-ce que c'est, *être amoureux* ?

— C'est quand tu n'as pas faim, même si tu n'as rien mangé depuis longtemps.

— J'ai mangé de la bouillie ce matin et j'ai déjà faim.

— Alors tu n'es pas amoureuse.

— Je suis amoureux de la Comtesse, reprit Joachim. On dit qu'en sa présence les chiens méchants deviennent doux comme des agneaux.

— On dit aussi que quand elle mange trop de cerises elle a des crampes d'estomac !

— Nous jouerons *Mascaron* encore mieux que d'habitude, s'écria Joachim. Ce sont ses larmes que je veux voir, pas ses deniers.

— Si avec ses larmes tu réussis à acheter du pain, du beurre et du lait, je n'y vois pas d'inconvénient, répliqua Isabella.

La roulotte passa un tournant.

Marike dut lever la tête pour contempler le sombre château et ses tours.

« On dirait une grande église », songea-t-elle.

— C'est ici qu'elle habite, dit Joachim.

— Personne n'habite dans l'église, n'est-ce pas ? demanda Marike.

— L'église est la maison de Dieu.

— Pourquoi la maison de Dieu est plus petite que celle de la Comtesse ? demanda-t-elle.

Les hommes durent enfiler leurs déguisements dans un souterrain, à la lueur d'une seule chandelle. Isabella appliqua une touche de rose pâle sur les joues de Joachim, traça un trait sous ses yeux et recouvrit sa tête d'un joli voile blanc.

Marike était assise sur un tabouret, elle avait froid. Les murs autour d'elle étaient noirs et humides.

« Je serai bientôt pétrifiée de froid », se dit-elle.

Elle n'avait pas encore vu la Comtesse depuis leur arrivée.

« Derrière ces murs, on n'est pas dehors, pensait-elle. Non, derrière ces murs, il y a d'autres murs. Où est la Comtesse ? Quand on habite une maison aussi immense, il y a beaucoup de pièces, de couloirs et de salles où l'on n'est pas. »

Elle poussa un soupir.

« Si je veux voir la Comtesse et lui parler, le hasard doit faire que nous nous trouvions en même temps au même endroit. »

Les baladins gravirent un escalier grisâtre entre des hommes munis de flambeaux. Joachim tenait son luth à la main, Dirc sa cornemuse et Monne une petite caisse avec des accessoires. Un homme à l'air sévère marchait juste à côté de Marike, lui n'avait pas de flambeau.

— C'est facile de monter des escaliers, dit-elle en s'adressant à lui. Je croyais que c'était difficile.

— Je sens que tout à l'heure je serai incapable d'ouvrir la bouche, déclara Dirc.

Le son de sa voix résonna sous les voûtes.

– Chut ! fit Marike.

Des flambeaux allumés s'approchèrent du visage de Dirc.

– Ne faites pas attention à moi, dit-il.

Il tapota sa barbe faite de crin de cheval.

– Je ne suis que Dieu !

La pleine lune brillait à travers les barreaux de la fenêtre dans la grande salle des chevaliers.

Marike connaissait bien la lune, dans la forêt hantée.

« C'est bien, se dit-elle. En regardant la lune, j'ai l'impression qu'Archibald n'est pas loin. »

Des personnes se tenaient dans la partie éclairée de la pièce. D'autres dans la partie sombre.

Un homme portant un masque en forme de bec frappa à l'aide d'un long bâton sur le plancher.

Les personnes qui étaient assises se levèrent. Marike se sentit toute petite.

L'assemblée baissa la tête. Marike observait les têtes inclinées. Un peu plus loin, deux porteurs de flambeaux éclairaient un siège. Il était recouvert d'un drap mauve. Elle se faufila doucement le long des hommes pâles vêtus de noir et s'approcha. Elle caressa le tissu mauve, elle en renifla l'odeur.

L'étoffe était douce comme le ventre d'un renardeau et avait l'odeur de l'acacia, et un petit quelque chose qui lui rappelait la barbe d'Archibald.

Elle ne prêtait pas attention aux chuchotements nerveux qui s'amplifiaient derrière elle.

Elle entendit une femme déclarer :

– Que personne ne touche cette enfant !

Marike releva la tête.

Derrière le fauteuil se tenait Joachim.

– Incline-toi, incline-toi, bêtasse, souffla-t-il à voix basse.

Marike lui fit une révérence.

– Non, non, pas devant moi. Retourne-toi, vite !

Marike se retourna.

Une dame en mauve baissait les yeux vers elle.

– Qui es-tu ? demanda Marike.

– Dis-moi plutôt qui tu es, toi.

– Tu es la Comtesse ?

La dame en mauve sourit et hocha la tête.

– Moi, c'est Marike.

– Que fait une petite fille comme toi en ces lieux ?

– Le Diable m'a trouvée dans la rue.

– Trouvée ? Le Diable ?

– Oui, répondit Marike. Et il y a très longtemps, on m'a trouvée dans les tormentilles.

– N'as-tu ni père ni mère ?

Marike haussa les épaules.

Les hommes pâles vêtus de noir poussèrent un profond soupir.

– Ma mère sait lire et écrire. C'est tout ce que je sais d'elle. Archibald dit que je suis une enfant trouvée.

– Qui est Archibald ?

– C'est un vieux magicien et il ressemble à Dieu.

– C'est lui qui t'a appris à si bien parler ?

– Je ne l'ai pas appris. Archibald parle exactement comme moi. Tous les matins, il me prépare une assiette de bouillie au lait de chèvre.

Dans la salle des chevaliers, on entendait les mouches voler.

La Comtesse observait Marike.

Marike observait la Comtesse.

– Hier, je savais tout de l'humanité. Aujourd'hui, je ne sais plus rien.

– Comment se fait-il qu'aujourd'hui tu ne saches plus rien ?

Marike haussa de nouveau les épaules.

De petits cris offusqués fusèrent dans la salle.

La Comtesse demeura impassible.

– L'humanité est une farce, déclara Marike.

– L'humanité est une tragédie, rectifia la Comtesse.

– Non, rétorqua Marike, une farce, je t'assure !

– Puis-je te demander quelque chose ?

– Tu peux.

– Voudrais-tu faire un pas de côté ?

– Bien sûr, répondit Marike en s'exécutant.

La Comtesse était assise sur son siège, dans la pénombre.

Les porteurs de flambeaux formaient un demi-cercle.

Dans la lumière de ce cercle, Monne se tenait droit comme un I.

Il avait rabattu la capuche de sa cape noire sur sa tête.

Derrière lui, Dirc et Joachim joignaient pieusement les mains.

— Sainte Marie, mère de Dieu, commença Monne à haute voix et d'un ton solennel, nous sommes vaniteux, faibles et stupides. Pardonnez-nous si nous oublions notre texte. Ne nous en voulez pas si nous trébuchons sur les mots. Ici, entre ces murs de pierres, parmi ces nobles dames et ces nobles messieurs, nous bafouillons, tant nous nous sentons petits. Ô Vierge Marie, prêtez-nous une oreille attentive. En dépit de nos lacunes, nous nous efforcerons de chanter juste et du mieux que nous pourrons.

— Commencez, messieurs, je vous en prie ! ordonna la Comtesse.

Monne laissa échapper un petit rire nerveux.

— Nous allons jouer une pièce intitulée *Mascaron*.

Joachim exécuta quelques accords sur son luth, Dirc souffla dans sa cornemuse.

Monne recula avec une extrême lenteur.

Dirc posa sa cornemuse. D'un air apitoyé, il secouait la tête comme pour dire non.

Monne se débarrassa de sa capuche. En ouvrant les bras, il écarta les pans de sa cape noire. Toutes les personnes présentes dans la salle découvrirent son costume rouge et sa perruque de la même couleur.

Un sourire sardonique se dessina sur son visage.

– Je suis Mascaron, déclara-t-il en s'adressant à Dirc. Je suis l'envoyé du Diable.

– Moi, je suis le bon Dieu. Dis-moi, Mascaron, comment va ton maître ? Ça fait un moment que je ne l'ai pas vu.

– Mon maître est mécontent. Non, que dis-je, il est furieux.

– Rien de plus normal pour un Diable.

– Dès qu'il pense aux hommes, des flammes lui sortent par la bouche, les oreilles et même par les yeux. « Mascaron, m'a-t-il dit, va trouver le bon Dieu, salue-le bien de ma part et demande-lui pourquoi il montre tant d'indulgence envers les hommes. Qu'il m'explique. »

– Je tiens à l'homme comme à la prunelle de mes yeux, c'est vrai, répondit Dirc.

– Ne voyez-vous pas, poursuivit Monne, qu'ils ne font que se voler entre eux, se trahir et s'entre-tuer ?

– Bien sûr que si. Qu'est-ce que tu crois ? Mais ils chantent bien et, parfois, ils font l'aumône à un mendiant.

– Ils sont dépravés, hurla Monne. Vraiment, ils passent les bornes. Tout en chantant des airs pieux, ils reluquent la femme du voisin ou tirent la bourse du premier venu.

– Je ferai plus attention dorénavant.

– Ils vous jettent de la poudre aux yeux. Quand,

après une vie de débauche, ils prétendent se repentir, vous leur ouvrez toutes grandes les portes du paradis.

— Le repentir, oui, oui. Ton maître le Diable ne sait pas ce que c'est, lui, n'est-ce pas ?

— Quels crimes avons-nous commis, nous pauvres diables ? Nous nous sommes rebellés une journée, rien de plus. Alors, sans hésiter, vous avez fait de nous de vilains démons. Finie la chaleur du soleil, finies les odeurs paradisiaques. Il ne nous reste plus qu'à moisir en enfer, où il fait tantôt un froid de canard, tantôt une chaleur torride. Alors que les vrais méchants, ce sont les hommes.

Monne tremblait comme un mendiant en plein hiver.

Dirc, les mains sur les joues, prit une mine éplorée.

Joachim posa son luth, il cacha son visage dans ses mains et s'avança.

Dans un coin sombre de la salle des chevaliers, agrippée à la jupe d'Isabella, Marike était tout ouïe.

Elle n'avait plus devant elle Dirc, Monne ou Joachim.

Elle voyait Dieu, l'envoyé du Diable en rouge et Marie.

Elle retenait son souffle.

Mascaron tournait autour de Marie, il lui jetait des regards sournois.

Marie regardait ses mains, qu'elle tenait jointes devant son visage.

Dieu regardait la pointe de sa barbe et réfléchissait.

— Il faut tous les maudire, hurlait Mascaron.

— Oh ! tu sais, ce n'est pas facile d'être Dieu. Mon brave Mascaron, tu as raison, j'ai été trop bon, j'ai laissé les hommes faire ce qu'ils voulaient.

— Leurs prières ne sont qu'hypocrisies.

— Il m'arrive de somnoler en écoutant leurs interminables litanies.

— Punissez-les, punissez-les, siffla Mascaron.

— Du calme. Certes, je vais leur donner une bonne leçon. Voyons ? Un second déluge ? Une autre tour de Babel ? Ou bien vais-je retourner sur terre et de mon épée céleste remettre un peu d'ordre ? J'ai trop d'idées. Je n'arrive pas me décider.

— Anéantissez-les ! rugit Mascaron.

Marie s'approcha de Dieu qui avait l'air abattu.

Mascaron lui fit une grimace.

— Mon fils, dit Marie en s'adressant à Dieu, ne sois pas pessimiste, les hommes ne sont pas si mauvais. Te souviens-tu de ceux qui étaient auprès de toi le jour de ta naissance ?

Dieu secoua tristement la tête.

— Tu ne t'en souviens pas ? Moi si. Un âne et un bœuf. Comme ils sentaient bon le fumier et les vertes collines ! Des bergers à la peau tannée par le soleil. Comme ils sentaient bon le mouton et l'agneau ! Et n'oublions pas les trois Rois mages. Oui, mon fils, ces nobles sires se sont inclinés devant toi et ils t'ont offert de l'encens, de l'or et autre chose encore. Et puis j'allais oublier Joseph. Ce brave Joseph ! Il voulait faire de toi un honnête charpentier.

Marie serra la tête du Dieu barbu contre son sein et sourit aux anges.

— Tu as bu à ce sein, chantait-elle. Tu as grandi dans mes entrailles. Ensuite tu as beaucoup souffert. Tu as pris sur toi les péchés des mortels, puis tu as connu une mort atroce sur la Croix. Les mortels, oui, ce sont les hommes — ces hommes qu'à présent tu voudrais anéantir. Sont-ils foncièrement mauvais ? Songe aux mères. Elles qui accouchent dans la douleur, qui allaitent leurs enfants, qui sont prêtes à donner leur vie si un vaurien menace de trancher la gorge de leurs petits.

— Plus un mot ! hurla la Comtesse.

Sa voix résonna entre les murs de pierre.

Marike fut brusquement tirée de ses rêveries.

Dieu, Marie et Mascaron étaient soudain redevenus Dirc, Joachim et Monne. Les trois hommes scrutaient la pénombre en direction de la voix.

La Comtesse s'avança vers eux d'un pas lent.

— La pièce n'est pas terminée, chuchota Isabella à l'oreille de Marike.

— De quoi elle se mêle ?

La Comtesse tendit le doigt vers Joachim.

— Toi, lança-t-elle d'un ton glacial, comment oses-tu me manquer de respect ? Ignores-tu que ce bon Dieu dont vous ne cessez de parler a refusé de me donner un enfant ? Comment oses-tu évoquer l'amour maternel en ma présence !

– Ce n'est que du théâtre, noble dame, répondit Joachim en reprenant sa voix de tous les jours.

Il arracha son voile.

Dirc passa sa barbe au-dessus de son nez, ce qui lui fit une grosse touffe de cheveux blancs.

Monne haussa timidement les épaules.

La Comtesse montra Dirc du doigt.

– Et toi, fit-elle d'un ton menaçant, toi, Dieu, à la panse rebondie, dis-moi, pourquoi n'ai-je jamais pu avoir d'enfants ?

– Dame, je n'en sais rien. Je ne suis pas Dieu, à vrai dire.

Joachim inclina la tête.

– Nous ne rions pas de vos peines, noble dame. C'est une simple représentation, croyez-moi, en l'honneur de celle qui fut mère tout en étant vierge. Nous sommes de simples baladins.

– Vous ne savez rien de l'amour maternel. Moi, je sais, parce que je n'ai pas d'enfant justement. Prenez vos affaires et disparaissez.

Marike s'avança d'un air décidé. Elle posa les mains sur ses hanches,

– C'était beau, c'était magnifique, tu n'avais pas le droit de les interrompre !

La Comtesse baissa les yeux vers Marike.

– Dieu est bon, mais il ne donne pas d'enfant à une vilaine femme comme toi !

Les gardes du corps se précipitèrent sur elle.

– Tu es méchante, s'écria-t-elle.

– Tu le penses vraiment ? demanda la Comtesse à voix basse.

– Oh oui !

Isabella s'écria :

– Ce n'est qu'une enfant, elle ne sait pas ce qu'elle dit.

– Je prendrai soin d'elle, déclara la Comtesse.

– C'est moi qui prends soin d'elle, répliqua Isabella.

– Taisez-vous, ordonna la Comtesse sur un ton sans réplique.

Elle fit signe à ses gardes du corps.

– Faites-les sortir sans attendre. L'enfant reste ici.

De leurs lances pointées en avant, ils poussèrent Dirc, Monne, Joachim et Isabella contre le mur.

Deux gardes se postèrent de chaque côté de Marike. Ils posèrent chacun une main sur son épaule.

– N'aie pas peur, nous ne t'abandonnerons pas ! lui cria Isabella.

Marike se trouvait dans une grande pièce où brûlaient quelques cierges. L'humidité suintait le long des murs de pierre noire.

Elle était seule.

Les gardes étaient partis. La porte à deux battants était fermée.

Sur le sol gisait un ours maigre et sans vie. Il avait la gueule ouverte, ses dents brillaient.

Marike n'avait pas peur des animaux morts.

– Qu'est-ce que tu fais là, toi ? On ne t'a pas fait de cadeau à ce que je vois !

Le grand lit était surmonté d'un dais dressé sur de minces colonnes.

« Combien de personnes dorment dans ce lit ? » se demanda-t-elle.

Elle se dirigea vers la fenêtre. Elle contempla longuement les clochers de l'église au pied de la colline.

« Je voudrais retourner dans la ville », songeait-elle.

La porte à deux battants s'ouvrit.

Marike tourna la tête.

La Comtesse, avec le plus grand calme, entra dans la pièce.

La porte se referma sans que personne ne se montre.

– Tu habites ici ? demanda Marike. Tu dors dans ce grand lit ?

– Tu n'as pas froid aux yeux, constata la Comtesse à voix basse.

– Oh si ! s'écria Marike. Je n'ose pas monter au sommet des grands arbres. Et je n'ose pas non plus caresser un renard qui a l'air faux.

– Tu me trouves méchante ?

– Tu as été méchante avec Dieu et Marie.

– Je faisais semblant. Je voulais provoquer leur colère.

– Pourquoi ?

– Personne ne se met jamais en colère contre moi.

– Pourquoi pas ?

– Personne n'en a le courage.

– Ce n'est pas une question de courage. On est en colère ou on ne l'est pas.

– Ces braves baladins ne se sont pas mis en colère. Ils ont courbé la tête. Ils n'ont même pas osé protester quand je t'ai fait conduire dans mes appartements.

– Moi, j'étais en colère.

La Comtesse observa Marike en silence avant de dire :

– Oui, toi tu étais en colère.

Elle se dirigea vers le grand lit.

Marike se retourna vers la fenêtre.

– Oh ! fit-elle.

Elle aperçut des hommes à cheval tenant des flambeaux.

Monne et Dirc tiraient la roulotte. Joachim marchait à côté du vieux cheval libéré de sa lourde charge. Isabella avançait entre les deux ânes. La lune brillait au-dessus de leurs têtes.

La Comtesse disposa quelques coussins et s'installa sur le lit.

– Ils repartent sans moi, dit Marike. Ils ne savent même pas où habite Jean des Rats.

– Depuis quand connais-tu ces baladins ?

– Je suis là ! cria Marike de derrière la vitre.

Mais sa voix ne porta pas loin.

Les cavaliers, la roulotte, les ânes et les baladins s'éloignaient. Ils passèrent le tournant et disparurent l'un après l'autre.

– Je veux partir avec eux, chuchota Marike.

De la main, la Comtesse tapota le matelas.

– Viens t'asseoir à côté de moi, lui dit-elle.

– Demain, je pourrai aller les rejoindre ?

– J'ai d'autres projets pour toi, répondit la Comtesse.

Marike s'avança sans hâte jusqu'au grand lit. Elle s'assit près d'une des minces colonnes, pas trop loin de la Comtesse.

– Pourquoi n'as-tu pas peur de moi ?

– Je sais lire et écrire, répondit Marike. Mais Archibald m'a fermement recommandé de ne jamais le dire. Je dois dire : « Je suis bête comme un âne et j'ai beaucoup à apprendre de vous. »

La Comtesse la regarda d'un air amusé.

– Tu sais lire et écrire ? demanda Marike.

– Oui, je sais aussi écrire le latin.

Marike plissa les yeux de toutes ses forces.

– Qu'y a-t-il ? demanda la Comtesse.

– Dans la forêt hantée, je comprends tout, tout et tout, mais ici, je ne comprends rien de rien.

Elle rouvrit les yeux et regarda la Comtesse d'un air sérieux.

— Pourquoi sont-ils partis sans moi ?

— Je les ai chassés.

— Il va falloir que je redescende la colline toute seule.

Marike fut parcourue d'un frisson.

— Tu as froid ?

— Oui, répondit Marike. Tu es comtesse pour de vrai, hein ?

— Oui, répondit la Comtesse.

— Je croyais que Joachim était le Diable. Il n'est pas le Diable, il n'est pas Marie non plus. Il est comédien. Isabella dit que c'est un ménestrel. Tu sais ce qu'est un ménestrel ?

— C'est un chanteur et un conteur.

— Moi, je raconte des histoires à Archibald.

— Raconte-m'en une.

— Non.

— Pourquoi pas ?

— J'ai vu beaucoup de mamans au marché. Toutes les femmes ne sont pas mères, n'est-ce pas ?

— Non, pas toutes.

— Tu ne l'es pas, toi ?

— Non, je ne le suis pas.

— Pourquoi pas ?

— Le jonkheer est mort.

— Vous ne vous êtes pas embrassés, toi et lui ?

La Comtesse secoua la tête de manière presque imperceptible.

— Tu dis tout ce qui te passe par la tête, n'est-ce pas ?

Elle caressa la joue de Marike, sa main était fraîche comme l'eau d'un ruisseau.

– Tu m'amuses. Personne n'ose se conduire ainsi en ma présence.

– Pourquoi vous ne vous êtes pas embrassés, le jonkheer et toi ?

– Assez de questions, fillette !

– Isabella appelle ça s'embrasser. C'est une sensation très drôle. Tu veux que je t'embrasse ?

– Non.

– Ça ne fait pas mal, tu sais.

– Tu me trouves laide ?

– J'aime bien tes yeux.

– J'aurais aimé avoir un fils ou une fille.

– Les hommes sont mi-anges, mi-démons. Tu le savais ?

– Mes neveux sont plutôt des démons. Des ivrognes et des criminels. Et c'est cette maudite engeance qui devra me succéder. Je ne l'admets pas.

– L'humanité est une farce ! s'exclama Marike.

– Une tragédie ! rectifia la Comtesse.

Elles émirent toutes deux un petit rire étouffé.

– « L'humanité est une tragédie », c'est aussi un livre ? demanda Marike.

– Non, répondit la Comtesse.

– Dommage, j'aurais bien aimé que tu me racontes une des histoires de ce livre-là.

– Raconte-moi plutôt une histoire que tu as lue dans le tien.

167

– Je les connais toutes par cœur.

Marike appliqua une main sur son front.

– Elles sont là. Mais tout de suite, je ne les trouve pas.

– Alors parle-moi de toi.

– Hein ?

– Il y a là matière pour une belle histoire.

– Non.

– Applique-toi pour la raconter.

– Pas une histoire du livre ?

– Vas-y, raconte !

– Euh, elle était couchée dans les buissons, elle était morte.

– Qui était morte dans les buissons ?

– Sophie.

– Ta petite sœur ?

– Une chèvre.

– Raconte.

– L'histoire est finie.

– Dis-moi ce que tu as ressenti.

– Quoi ?

– Qu'est-ce que tu as pensé quand tu as compris que Sophie était morte ? Qu'est-ce que tu as fait ?

– Je l'ai tirée pour la sortir des buissons.

– Tu l'aimais, Sophie ?

– Elle était toujours là.

– Tu l'aimais ?

– Elle était toujours là, comme Archibald.

– Tu as grandi dans une forêt. Te demandais-tu

parfois qui étaient ton père et ta mère, à quoi ils ressemblaient ?

– Tu en poses des questions !

– Tu aimes les histoires ?

– Oui. Il en existe beaucoup. Je le sais maintenant. Mascaron, Marie, la belle Aude et sa petite fille. Il y en a beaucoup que je ne connais pas, n'est-ce pas ? Pourquoi personne n'a le droit de t'appeler par ton nom ?

– Personne n'a le droit de me le demander.

– Pourquoi personne n'a le droit de te le demander ?

– Ça non plus, personne n'a le droit de me le demander.

– Comment on t'appelait quand tu avais encore un nom ?

La Comtesse se mit à rire.

– Pourquoi ne me demandes-tu pas tout simplement comment je m'appelle ?

– Comment tu t'appelles ?

– Je m'appelle…

La Comtesse se pencha vers Marike.

– Je m'appelle Johanna.

– Parle-moi de Johanna.

– Quand j'étais petite, comme toi maintenant, j'habitais le côté nord du château. Le matin, je me réveillais toujours de très bonne heure. Le silence régnait autour de moi. Tous les matins, j'avais les pieds glacés.

– Les murs étaient humides et noirs ?

– Les murs étaient humides et noirs.

Marike hocha la tête.

– Je frottais mes pieds l'un contre l'autre. Je ne parvenais pas à les réchauffer.

– Maintenant aussi, tu as les pieds froids quand tu te réveilles ?

– Non, plus jamais. Ce soir, je me suis souvenue de Johanna et de ses pieds glacés. C'est parce que tu es là.

– Raconte, raconte !

– Je restais éveillée pendant des heures, les yeux fixés sur les battants de la porte. Elle pouvait s'ouvrir à tout moment.

– Qui l'ouvrait ?

– Les dames d'honneur.

– Les dames ?

– Tous les matins, elles venaient dans la pièce sombre où je dormais. Elles me disaient de me lever. Alors je me levais. Dès que mes petits pieds entraient en contact avec la pierre glacée, oh là, là ! Les dames m'observaient de haut. Quand je levais les yeux, je voyais leurs trous de nez.

– Qu'est-ce qu'elles venaient faire ?

– Elles me lavaient la figure. L'hiver, des glaçons flottaient dans la cuvette. Elles m'enfilaient des vêtements trop serrés.

– Quelle odeur avaient-elles ?

– Elles sentaient le crottin de cheval séché.

Marike ne savait pas ce qu'était le crottin de cheval, elle se contenta de hausser les épaules.

— Elles me conduisaient chez le père Jacob.

— Le père Jacob, qui c'est ?

— Un prêtre, un maigrichon. Il avait les joues creuses et de grands yeux, comme des soucoupes. Il parlait de l'enfer, du Diable avec ses pattes de bouc, de cochons noirs qui rongeaient les os des damnés.

— Où étaient ton père et ta mère ?

— Je n'avais pas le droit, poursuivit la Comtesse en chuchotant, de me rendre du côté ensoleillé du château. J'aurais pu y rencontrer mon père. Or, il ne voulait pas me voir. Jamais.

— Pourquoi ne voulait-il pas te voir ?

— Mon père, le comte, accompagné d'une petite armée de sauvages, semait partout la terreur. Il était toujours par monts et par vaux. Quand il était au château, les domestiques tremblaient de peur.

— Ta mère aussi ?

— Ma mère est morte à ma naissance.

— Pourquoi ?

— Elle s'est vidée de son sang.

— De tout son sang ! Ça fait combien de sang ?

— Beaucoup.

Marike tressaillit.

— Tu comprends pourquoi mon père me détestait tant, poursuivit la Comtesse à voix basse.

— Non, je ne comprends pas, s'écria Marike outrée.

— Pour lui, j'étais responsable de la mort de ma mère.

— Toi ?

— Quand j'ai eu ton âge, j'ai demandé aux dames pourquoi mon père pensait que j'avais tué ma mère. Elles m'ont répondu : « Nous avons dit à ton père que tu lui avais déchiré les entrailles. »

— Elles étaient méchantes, ces dames !

— Mon père a tenu à ce que je grandisse du côté nord du château. J'ai appris à lire et à écrire, j'ai appris les Écritures et les lois. Et chaque matin, je me réveillais avec les pieds glacés.

— Tu n'avais personne avec qui jouer ?

— J'ai joué pendant deux jours avec un petit chien. Il est mort de froid, l'animal.

— Mort !

— Froid et raide !

— C'est pareil.

— J'aimais le tonnerre et les éclairs. J'adorais entendre les portes grincer, le vent rugir dans la cheminée et éteindre les flammes. Les dames se réfugiaient dans leur donjon. Le père Jacob s'agenouillait et priait à en perdre haleine. Personne ne s'occupait de moi. Je courais dans le château, et quand il faisait vraiment mauvais, je m'aventurais même du côté sud. Je me disais : « Je vais voir mon père. Je vais lui dire que je n'ai pas tué ma mère. »

— Et alors ? Tu l'as vu, ton père ?

La Comtesse secoua longuement la tête pour dire non.

– Moi aussi, j'aime le tonnerre et les éclairs. Dans la forêt hantée, pendant l'orage, Archibald me raconte de belles histoires.

– Une nuit, reprit la Comtesse, je fus réveillée par deux hommes à la barbe grise. Ils me dirent de m'habiller. Je ne m'étais jamais habillée seule. D'abord, ma jupe était devant-derrière, ensuite, je n'arrivais pas à trouver les boutons dans mon dos. Ils m'ordonnèrent de les suivre. Nous traversâmes de longs couloirs, nous gravîmes un escalier étroit, nous descendîmes un autre escalier étroit.

La Comtesse ferma les yeux.

– Pour la première fois de ma vie, je pénétrai dans la grande salle des chevaliers. Il y avait beaucoup de gens, tous très grands. Des barbus, des gardes immobiles, des femmes à la peau comme du parchemin. Je ne m'étais jamais sentie aussi petite. J'observais les ombres qui dansaient sur les murs et je me réfugiais dans mes rêves. Quand j'entendis hurler : « Où est cette enfant ? », je sursautai.

– Tu as eu peur ?

– Il t'arrive d'avoir peur, toi ?

– Dans la forêt hantée, je n'ai jamais peur. Un matin, je suis tombée dans un trou profond. Je me suis assise, je savais qu'Archibald me trouverait. Quand il est arrivé, il faisait déjà nuit et la lune brillait. « Qu'est-ce que tu fais là ? » s'est-il écrié. J'ai répondu : « Je t'attendais. Tu en as mis du temps ! »

— Tu n'avais pas peur dans ce trou noir ? demanda la Comtesse à voix basse.

— Non, répondit Marike en chuchotant à son tour.

— Et dans mon château, tu as peur ?

— Oui, murmura Marike.

— Tu as peur de moi ?

— Non.

— Pourquoi pas ?

— Je sais que tu t'appelles Johanna. Allez, raconte !

— Ils m'ont poussée en avant. Un homme était assis près du feu, dans la grande cheminée. Il était vêtu d'une simple tunique et de chausses. Il était pieds nus. Il avait de la boue dans la barbe. Il m'a semblé voir du sang au coin de ses yeux. Des foulards tachés de rouille dissimulaient presque entièrement son visage. Son épée était posée contre le dos de son siège. Ses yeux vert-noir ne voyaient que moi.

— Ton père, murmura Marike.

— Mon père, oui. Le comte en personne. Je le compris immédiatement. Cet homme négligé ne pouvait être que lui. Un comte, tu sais, n'a pas à se soucier du regard des autres. J'étais fière de lui. C'est pourquoi je le regardai la tête haute. « Quelle maigrichonne tu fais ! Tu n'as que la peau et les os », me dit-il. Je répliquai : « Je sais lire et écrire. Je prie en latin et je connais les lois. »

— Il ne fallait pas dire que tu savais lire et écrire. Les gens n'aiment pas ça. Ne me demande pas pourquoi !

– Mon père continuait à me dévisager de ses yeux injectés de sang. «Où pourrais-je t'échanger contre un fils ? Ce n'est pas à toi que je vais céder mon épée », a-t-il déclaré, puis il a saisi le dos de son siège et s'est relevé péniblement. Il a tiré l'épée de son fourreau. Il l'a pointée sur moi. Je n'ai pas bougé. J'ai soutenu son regard. Je n'y pouvais rien, mais j'ai ri.

– Tu n'avais pas peur ?

– J'avais trop peur pour pleurer. C'est pourquoi j'ai ri. Et puis, entre nous, le comte avec sa fichue épée était plutôt drôle à voir. Il me cria : «Crois-tu que cette épée est vraiment faite pour toi ? Elle est beaucoup trop lourde, tu n'es même pas capable de la soulever. » Il la brandit vers moi. «Non ! » hurlèrent les femmes et les hommes dans la salle. «Non, grâce ! »

– Pour qui ?

– Pour moi.

– Non, s'écria Marike. On n'a pas le droit de couper la tête aux gens !

– J'ai dit…, j'ai dit ce que tu m'as dit.

– Qu'est-ce que je t'ai dit ?

– Tu m'as dit : «Tu es méchante ! »

– J'ai dit ça, moi ?

– Tu l'as dit, mon petit. C'est pourquoi tu es là. C'est pourquoi je te raconte cette histoire.

– Tu as dit à ton père…

– J'ai dit à mon père : «Tu es méchant. »

– Il s'est mis en colère ?

– Non. Il a éclaté de rire. Un rire tonitruant qui a

résonné dans toute la salle. Il a posé son épée à mes pieds. Puis il a crié à l'assemblée : « Cette maigrichonne n'a pas cillé devant mon épée. Désormais, vous vous inclinerez devant elle. Vous vous inclinerez jusqu'à en avoir des crampes pour la fin de vos jours. »

– Tu n'avais pas peur ?

– J'étais fière. Je me suis dit : « Cet homme a beaucoup aimé ma mère. »

La Comtesse, de son doigt, tapota le bout du nez de Marike.

– Nous savons si peu de nous-même, mon enfant. Deux jours plus tard, le comte mourut. J'étais comtesse, j'avais dix ans.

– Comtesse Johanna.

La Comtesse porta l'index à ses lèvres, puis elle adressa un clin d'œil à Marike.

– Demain, je la raconterai à Joachim. Il adore les belles histoires.

La Comtesse posa les pieds par terre et s'éloigna du lit.

– Les bougies vont s'éteindre, constata-t-elle.

Elle se retourna vers Marike et la regarda froidement.

– J'ai peur dans le noir, dit-elle.

La Comtesse frappa dans ses mains.

– Il faut dormir maintenant. Nous nous reverrons demain soir.

Deux gardes entrèrent.

– Que l'on reconduise cette enfant dans ses appartements, ordonna la Comtesse, et que l'on m'apporte
des chandelles !

Marike était couchée dans un lit aussi grand que
celui de la Comtesse. Une chandelle brûlait près de
la fenêtre fermée par des barreaux.

Par moments, elle entendait derrière la porte la
toux enrouée d'un des gardes.

« Personne n'a le droit d'entrer, personne n'a le
droit de sortir », se dit Marike.

Blottie sous les peaux de mouton, elle portait une
chemise blanche qui sentait bon.

Des femmes avaient emporté ses vêtements sans
dire un mot.

Un coup de vent souffla la bougie.

Partout dans le château, Marike avait froid. Dehors,
il faisait chaud. Des gens dormaient sur l'herbe ou
sur les larges marches de l'église. Elle avait pu le
constater la veille.

Elle frissonna.

Dans ce château, il y avait trop de pierres. Dans ce
château, il faisait trop sombre. Dans ce château, il y
avait partout des gens qui se taisaient.

Marike grelottait sous les peaux de mouton.

Elle pensa aux pieds glacés de la petite Johanna.

Elle frotta les siens l'un contre l'autre.

Elle pensa à Jean des Rats et à l'anneau autour de
sa cheville.

Elle avait froid aux pieds, mais elle n'avait pas mal à la cheville.

« Je vais bientôt m'endormir, se dit-elle, et comme la nuit dernière, mes rêves seront peuplés de gens. Dans la forêt hantée, je ne rêvais jamais de personne, puisque je n'y connaissais personne. »

– Je suis réveillée, dit-elle à voix basse.

Elle n'en était pas tout à fait sûre.

– Je suis vraiment réveillée, dit-elle un peu plus fort.

Tout ce qui lui arrivait depuis qu'elle avait quitté la forêt hantée lui semblait être un rêve.

Quand on rêve, on n'a pas froid aux pieds !

– Je suis réveillée, chuchota-t-elle, c'est sûr !

Elle ferma les yeux.

Jean des Rats et Ratoune, perchée sur son épaule, lui apparurent furtivement.

Elle se tourna sur le côté, elle ouvrit les yeux et elle contempla la lune derrière la vitre.

Elle grossissait et pâlissait.

Elle se remémora la lune au-dessus de la cabane en bois. Elle avait l'impression d'être de nouveau dans la forêt hantée.

Le garde derrière la porte fit entendre de nouveau une toux enrouée.

« Je suis dans le château de la Comtesse, se dit Marike. Et comme elle m'a parlé des pieds glacés de la petite Johanna, j'ai les pieds glacés moi aussi. »

Elle eut un petit rire.

La Comtesse s'appelait Johanna.

Isabella ne le savait pas.

Joachim ne le savait pas.

Même Archibald ne le savait pas.

La Comtesse Johanna la gardait prisonnière. La veuve noire l'avait enfermée dans la grange de Jean des Rats.

« Dès qu'ils le peuvent, les gens vous enferment ou vous lient les pieds et les mains. Pourquoi je ne parviens pas à me réchauffer ? » se demandait Marike.

Elle se mit à pleurer.

Elle ne pleurait pas parce que la Comtesse l'avait enfermée.

Elle pleurait pour Sophie.

Si la chèvre, cette bécasse, n'était pas morte, elle serait bien au chaud dans son lit, le lit qu'Archibald avait fabriqué par un tour de magie et dans lequel elle s'endormait immédiatement.

12

Où Jean des Rats contemple la pleine lune en pensant à Marike et où la veuve noire fait un cauchemar

Au beau milieu de la nuit, Jean des Rats se tenait près de la large fente entre les deux planches et contemplait la lune.

« Marike est-elle en train de regarder la lune elle aussi ? se demandait-il. Et si elle dort, où est-elle ? Serait-elle retournée dans la forêt hantée ? Non, elle ne m'abandonnera pas, se rassura-t-il. Des bandits de grand chemin l'ont peut-être attachée à un arbre ? Si seulement je savais où elle est ! »

Ratoune était perchée sur son épaule.

– C'est la lune, lui dit Jean des Rats.

Elle leva le museau pour regarder la lune.

— Elle est ronde comme un sou.

Ratoune fit entendre un couinement qui ressemblait à un grognement.

— Pourquoi ne partirais-tu pas à sa recherche ? Une petite fille au bout du nez tout noir, aux cheveux blonds coupés court et qui porte des culottes en peau de lièvre, il doit être facile de la retrouver.

Ratoune agita le bout de son museau.

— Si elle ne te reconnaît pas, c'est qu'elle m'aura oublié.

Jean des Rats garda le silence un moment.

— Nous voyons la lune. Est-ce qu'elle nous voit aussi ? Sait-elle que nous sommes ici ? Sait-elle tout des hommes ? J'aime la lune. Et toi ? Elle ne s'occupe pas des hommes. Elle laisse la veuve noire faire ce qui lui chante. Elle voit que je suis enchaîné. Elle se dit : « Il n'est pas le seul dans son cas. »

Ratoune se grattait le ventre avec ses pattes de devant.

— Oui, bien sûr, elle n'a pas d'yeux, je le vois bien. Elle est un œil, Ratoune. Tu sais ce que je crois ? Je crois que Marike est aussi en train de regarder la lune. Elle ne peut pas dormir. Elle se dit : « Il faut aller libérer Jean des Rats. Qui pourrait bien m'aider ? » Elle demande à la lune : « Tu pourrais m'aider, toi ? » Mais la lune ne le peut pas. Elle est trop loin. Elle éclaire la nuit, c'est déjà beaucoup.

Ratoune et Jean des Rats continuèrent à la contempler.

La veuve noire était couchée.

Ses pieds blancs dépassaient sous les draps noirs, la lune les éclairait.

Elle se réveilla en sursaut et poussa un cri. Elle venait de faire un cauchemar.

En apercevant ses pieds blancs, elle poussa de nouveau un cri.

– Qu'est-ce que c'est ? hurla-t-elle, apeurée.

Elle se redressa d'un bond.

Ses pieds disparurent sous les draps noirs.

– Je vous ai vus, coquins ! rugit-elle. Pourquoi me causez-vous une telle frayeur ? Si je ne peux même plus me fier à mes propres pieds ! J'ai fait un mauvais rêve. J'ai rêvé que je portais une robe blanche et qu'il neigeait. Le monde entier était blanc.

Elle leva les yeux et dit en s'adressant à la pleine lune :

– Toi, tu peux bien me lorgner du coin de l'œil. Je suis noire comme la nuit, tu ne peux rien contre moi.

Elle posa ses pieds noueux sur le plancher en bois et s'empressa de les glisser dans ses souliers noirs.

« Après un mauvais rêve, le mieux, c'est d'aller faire un tour », se dit-elle.

Elle sortit.

La chèvre noire baissa la tête, elle renifla l'herbe sans y toucher.

– La lune est blanche, d'un blanc laiteux, ton lait aussi est blanc. Tu n'en as plus, hein ? Dans quelques jours, tu passeras à la casserole. Oui, oui, je sais bien qu'il ne faut pas manger trop de viande, c'est mauvais pour le caractère et pour l'humeur, mais c'est bon pour les muscles. Le matin, j'ai du mal à me lever. Le moindre petit os me fait souffrir. Au moindre mouvement, je grince comme une vieille porte.

Elle se dirigea vers la grange d'un pas mal assuré.

Arrivée devant la large fente entre les deux planches, elle s'arrêta.

Jean des Rats s'empressa de cacher d'une main l'œil qui regardait dehors et de l'autre Ratoune.

— Inutile de cacher cet œil, lui cria la veuve noire d'une voix éraillée. Regarde-moi !

Jean des Rats retira la main qui cachait son œil.

— À quoi penses-tu ? lui demanda-t-elle.

Le ton n'était pas vraiment désagréable.

L'œil ne cessait de regarder.

— Tu penses à cette petite sorcière ?

L'œil sembla s'agrandir.

— Ce petit monstre est parti avec ses sœurs les sorcières. Tu peux t'estimer heureux qu'elles ne t'aient pas emmené avec elles. Pour faire de toi une bonne soupe !

Une petite voix se fit entendre de derrière les planches.

— Vous ne trouvez pas le sommeil, ma tante ?

— Non, répondit la veuve noire en toussant.

— Vous avez fait un mauvais rêve ?

— Si tu crois que c'est à toi que je vais le raconter !

– La lune est-elle un œil ?

– Elle voudrait bien. Mais cesse de raconter des sottises. La lune, c'est la lumière dans la nuit des sorcières. Pendant la pleine lune, les démons et les mauvais esprits sont réveillés. Ils n'osent pas s'aventurer jusqu'ici. Je suis noire comme leur âme, ils ont peur de moi.

– Oh, oui ! ma tante. Je suis persuadé que tous les démons et les mauvais esprits ont peur de vous.

La veuve noire toussa de nouveau.

– Vous allez prendre froid.

– Je ne peux pas dormir. Je me fais du souci à ton sujet. Que vais-je faire de toi ?

– Je pourrais faire beaucoup de choses pour vous. Je pourrais tourner les vêtements dans la cuve, traire la chèvre.

– Dispense-moi de tes âneries.

– Elle s'appelle Marike. Elle n'avait jamais entendu parler de la peste noire.

– Ne prononce pas son nom, malheureux ! coupa la veuve noire.

– Vous avez rêvé de… hum. Vous voyez de qui je veux parler ?

– Je rêve toujours d'elle, que je dorme ou pas.

– Vous aimez la lune ?

– Je n'aime personne. La lune non plus.

– Je peux passer des heures à la regarder.

– Tu n'as pas mieux à faire ?

Jean des Rats se mit à rire.

– Ne ris pas. Le rire est le son le plus désagréable qui soit.

– Vous ne riiez jamais, avant ?

– Pourquoi je parle avec toi ? Au milieu de la nuit !

– Je me souviens d'un vieux mendiant. Il disait : « Les nuits de pleine lune, les morts renaissent. »

La veuve noire se signa.

– Paroles de Satan !

– Est-ce que les morts pourraient nous trouver ici ?

– C'est ce que tu voudrais ?

– Non.

– Pourquoi pas, Jean des Rats ?

– Ils ne nous reconnaîtraient pas.

Le veuve noire secoua la tête.

– J'attrape mal à la gorge à force de parler.

La veuve noire leva les yeux vers la lune.

– Je suis réveillée, grommela-t-elle, mais le cauchemar continue.

13

Où Marike se réveille dans un grand lit,
tente de déchiffrer des mots
qu'elle ne comprend pas et mange
un gâteau pour la première fois

Marike se réveilla.

Elle ouvrit les yeux sur un plafond que traversaient d'épaisses poutres brun foncé.

« Je n'ai pas envie de me réveiller dans le château de la Comtesse, pensa-t-elle. Je voudrais me réveiller dans la forêt hantée. Ou bien dans la roulotte d'Isabella et de Joachim. Pourquoi n'ai-je pas le droit de choisir l'endroit où je me réveille ? Je voudrais voir Archibald endormi, ou bien Isabella, une écuelle de bouillie fumante à la main. »

Elle se dressa sur son séant.

Trois femmes étaient postées au pied de son lit.

Elles se ressemblaient par leur corpulence et la rondeur de leurs visages.

Celle du milieu tenait une bassine d'eau, celle de droite une petite pile de vêtements et celle de gauche un coussin sur lequel étaient posés une brosse et un peigne en fer.

Elles regardaient Marike et se taisaient.

« On dirait des chouettes », se dit-elle.

— Nous allons faire ta toilette, déclara celle du milieu.

— Je veux me laver les pieds dans un ruisseau, répliqua Marike, et après je mangerais bien une écuelle de bouillie au lait de chèvre.

— Après la toilette, nous t'habillerons, dit celle de droite.

— Ensuite nous te conduirons chez magistère Esculape et frère Willem. Ils s'occuperont de ton éducation, dit celle de gauche.

« Pitié, se dit Marike, les dames ! »

Marike était accoudée à une grande table en bois. Un livre était ouvert devant elle. Un gros monsieur pâle aux joues rondes et un autre, maigre, en soutane noire, lui faisaient face.

— Je suis magistère Esculape, déclara le gros.

— Je suis frère Willem, poursuivit le maigre. Tu sais lire et écrire, nous a-t-on dit.

Les vêtements que portait Marike étaient si fins et

si doux qu'elle ressentait des démangeaisons sur tout le corps. D'une main elle se grattait l'épaule, de l'autre le dos.

— Cesse de faire le singe, lui lança magistère Esculape.

— Lis-nous un passage de ce livre, mon enfant, lui demanda frère Willem.

Marike admira les lettres aux jolies formes.

— Ça alors ! s'exclama-t-elle, on dirait qu'il y a quelque chose d'écrit, mais il n'y a rien.

— C'est du latin, mon enfant, expliqua frère Willem.

— Qu'est-ce que c'est, *le latin* ?

— C'est la langue de Dieu et de l'Église.

Magistère Esculape leva un petit doigt boudiné.

— Et celle de la science, ajouta-t-il d'un ton solennel.

— Je ne savais pas que la langue avait un nom.

— Celle que nous parlons en a un aussi.

— C'est vrai ? Comment elle s'appelle ?

Magistère Esculape secoua la tête.

— Petite sotte ! Si on ne connaît même pas le nom de sa propre langue, on est un ignorant.

— Je savais tout, protesta Marike. Ici, dans ce château, je ne sais plus rien. Bientôt je serai de retour dans la forêt hantée, et de nouveau, je saurai tout.

Frère Willem se signa.

— *Domine ad adjuvandum me festina*, marmonna-t-il.

— Qu'est-ce que tu dis ?

– C'est du latin.

– Et qu'est-ce que tu as dit en latin ?

– J'ai dit : « Ô mon Dieu, accordez-moi vite votre aide ! »

– Pourquoi tu ne le dis pas normalement ?

Les deux hommes secouèrent la tête et poussèrent un soupir.

– Pourquoi tu veux que Dieu t'aide ?

– Oublie tout ce que tu sais, déclara magistère Esculape, et écoute-nous. Ne pose plus de questions, abreuve-toi de nos paroles, nourris-toi de notre savoir. Nous allons commencer par le commencement.

– Dieu créa la terre, commença solennellement frère Willem.

– Oh, je la connais, celle-là ! Dieu créa la terre, et les océans, les plantes et les animaux. Après, il était très fatigué, alors il se mit à grappiller des myrtilles, des mûres et à croquer des pommes.

– Oh, oh, intervint frère Willem, Dieu ne grappille pas !

– Dieu a une bouche, je t'assure. Quand il est le petit Jésus tout nu, il a une petite bouche et il tète le sein de Marie.

– Tes mots sont doux aux oreilles du Seigneur, dit frère Willem. Il aime les enfants et la candeur de leurs paroles.

– Quand il fut rassasié, poursuivit Marike imperturbable, il fit un pet qui retentit comme un coup de clairon.

— C'est inouï ! s'écria magistère Esculape. Dieu qui fait un pet, et ces mots dans la bouche d'une petite fille !

— Après le pet, le Diable était par terre, en train de gigoter.

— Si Dieu faisait un, euh…, ce que tu as dit, la terre s'ouvrirait et nous serions tous engloutis par les flammes de l'enfer.

Magistère Esculape toussota.

— Mon cher frère, ne vaudrait-il pas mieux laisser ce sujet de côté ? La Comtesse nous a demandé d'éduquer cette enfant. Nous avons pour mission de faire d'elle une demoiselle.

— Joins les mains et croise les doigts, ordonna frère Willem.

Il lui montra comment faire.

Après quelques efforts, Marike réussit à croiser les doigts.

— Et après ?

— *Ave Maria*, commença frère Willem.

— *Ave Maria*, répéta Marike en laissant échapper un petit rire.

— Mon très cher frère, intervint magistère Esculape, peut-être vaudrait-il mieux la laisser prier comme elle a l'habitude de le faire. Nous saurons tout de suite à qui nous avons affaire.

— Prie comme tu en as l'habitude, dit frère Willem à Marike. Tu n'es pas obligée de prier en latin pour l'instant.

— Qu'est-ce que c'est, *prier* ?

— Prier, c'est exprimer une demande à Dieu, avec l'humilité requise bien entendu.

— Cher Dieu, commença Marike, dites, je ne serai pas obligée de rester dans ce château ? Je peux retourner chez Isabella ? Elle est aussi gentille que Marie, je vous assure, mais elle ne m'allaite pas, je suis trop grande. Ça ne fait rien. Moi aussi, j'ai eu une maman. Elle m'a donné le sein, mais je ne m'en souviens plus. La Comtesse a les mains froides. Elle veut me garder près d'elle. Moi, je ne veux pas. Ce n'est pas gentil de le lui dire. Ce n'est pas qu'elle sente mauvais, son odeur me rappelle la barbe d'Archibald, en un peu plus sucré. Et puis je vais aller délivrer Jean des Rats. J'ai un plan. Le Diable va m'aider. La veuve noire en a une peur bleue. Elle fera tout ce qu'il lui dira. Nous emmènerons Jean des Rats avec nous et aussi la chèvre noire qui est blanche en réalité.

Marike releva la tête.

— C'est ça, une prière ?

Les deux hommes, stupéfaits, restèrent bouche bée.

Il faisait déjà nuit lorsque Marike fut reconduite dans les appartements de la Comtesse. La fillette était exténuée.

La Comtesse était assise à une longue table étroite. Elle portait sa robe blanche. Un long voile rouge dissimulait sa chevelure.

Marike prit place en face d'elle.

– Où étais-tu passée toute la journée ? demanda Marike en bâillant.

– Tu ne dois pas bâiller en ma présence, Marike. On ne te l'a pas appris aujourd'hui ?

Marike laissa tomber lourdement sa tête sur la table dure.

– Fais pas ci, fais pas ça ! dit-elle en bougonnant. Qu'est-ce que j'ai le droit de faire au juste ?

– Tu peux te redresser et me faire la conversation.

– Je suis fatiguée, fatiguée, fatiguée ! répéta Marike.

– Tiens-toi droite, voyons !

Marike se redressa en poussant un soupir. C'est alors qu'elle remarqua une petite chose que la Comtesse tenait entre le pouce et l'index.

– Voudrais-tu goûter ce minuscule gâteau ? demanda-t-elle.

Marike secoua la tête.

– Je viens d'avaler un pigeon rôti.

– Mon chef cuisinier en est l'auteur. Ce gâteau est recouvert d'une crème moelleuse et d'une cerise confite, macérée dans du vin doux. La pâte contient le zeste d'un fruit d'origine arabe, qui, lui, a macéré longuement dans une liqueur au miel. Les deux saveurs sucrées se renforcent. Le palais est charmé par une douce caresse. L'espace d'un instant, tu ne sais plus où tu es.

Marike ouvrit toute grande la bouche.

La Comtesse introduisit la pâtisserie entre ses lèvres.

Marike la fit tourner lentement dans sa bouche. La saveur sucrée emplit non seulement son palais, mais toute sa tête. La sensation était délicieuse, elle ferma les yeux.

Elle perçut la voix de la Comtesse qui demandait : « Où es-tu ? »

Lorsqu'elle eut fini d'avaler jusqu'à la dernière miette, Marike ouvrit doucement les yeux.

— J'ai fini, dit-elle.

— Tu en veux un autre ?

Marike hocha la tête avec conviction.

— Raconte-moi d'abord ce que tu as fait aujour-d'hui.

— Quand on porte les vêtements du château, on ne doit pas marcher trop vite. C'est ce que m'ont dit les dames. Et on doit attendre qu'on vous interroge avant de parler. Je leur ai demandé si j'avais le droit de demander qu'on m'interroge. Je n'ai pas envie de me taire toute la journée.

La Comtesse eut un petit rire.

Marike bâilla de nouveau.

— Et puis il ne faut pas se moucher dans sa manche. J'ai dit : « Mais magistère Esculape le fait bien, lui. » Elles m'ont répondu : « C'est un homme. Il se mouche comme bon lui semble. »

— Qu'est-ce que tu as fait aujourd'hui ?

— J'ai fait de l'équitation. Le dos de mon cheval a tressailli, je me suis retrouvée par terre. Je ne mon-terai plus jamais. Un homme m'a dit que, si j'avais

peur de monter, je ne serais jamais une vraie demoiselle. Il sentait encore plus le cheval que ses propres
chevaux.

– Si je te donne tous les jours de délicieux gâteaux,
tu resteras avec moi ?

La Comtesse en choisit un sur le plateau.

Marike ferma les yeux et ouvrit toute grande la
bouche.

– C'est vrai, tu resteras avec moi ?

Marike émit une sorte de grognement.

– Si tu dis oui, Marike, je te donne ce gâteau.

Tout en gardant la bouche grande ouverte, Marike
hocha lentement la tête pour dire oui. La Comtesse
introduisit entre ses lèvres le petit gâteau qu'elle
tenait entre les doigts.

Marike n'osait pas le croquer ; elle voulait garder
le plus longtemps possible sa douce saveur dans la
bouche.

Elle eut juste le temps d'entendre la Comtesse
déclarer : « Bien sûr que tu resteras ici, puisque telle
est ma volonté. Nous ferons de toi une parfaite
demoiselle. Avec un brin d'impertinence, juste de
quoi me distraire. »

14

Où Isabella se rend à dos d'âne au château et dit sans détour à la Comtesse ce qu'elle a sur le cœur

Joachim était assis sur la plate-forme de la grande roulotte, son luth à la main. Il regardait le château perché en haut de la colline, il observait les oiseaux dans le ciel.

« La retient-on prisonnière ? s'interrogeait-il. Aura-t-elle demandé aux oiseaux de la délivrer ? Ils en sont bien incapables. »

Il grattait son luth. Les notes lui semblèrent si tristes qu'il cessa vite de jouer.

« Je ne suis pas un guerrier, se dit-il. Ce n'est pas avec mon luth que je peux libérer une petite fille. »

Margot était en train de brosser le vieux cheval.

Monne et Dirc, tous les deux adossés à la cuve à eau, taillaient de petits bonshommes dans des morceaux de bois. Ils leur rapportaient quelques sous les jours de pluie, quand il n'y avait pas de représentation.

Ils faisaient comme si de rien n'était.

Ils n'osaient approcher Isabella. Et encore moins se plaindre de la bouillie brûlée, du beurre rance et du pain dur dont même les oiseaux quémandeurs ne voulaient pas.

Isabella passa devant les deux hommes.

– Fainéants, leur lança-t-elle en crachant par terre.

Monne se coupa.

Dirc lâcha le morceau de bois qu'il tenait.

Isabella s'arrêta près de la plate-forme de la grande roulotte.

Joachim avait les yeux dans le vague, il ne faisait pas attention à elle.

– Tu regardes voler les mouches ? demanda-t-elle d'un ton sec.

Joachim, en grattant son luth, se mit à chanter :

Je vais errant dans les bois
Chantant un air éploré
Ma mie est morte loin de moi
À sa peine a succombé

– Il en faut plus pour me faire pleurer. Et je te signale que ta bien-aimée se trouve devant toi et qu'elle n'a nullement l'intention de se laisser mourir de chagrin.

Joachim posa son luth.

— Ce n'était qu'une chanson.

— Ça fait deux jours déjà que cette pauvre gosse est emprisonnée au château ! Fais quelque chose !

— Que puis-je faire ?

— Va trouver la Comtesse. Dis-lui qu'elle n'a pas le droit de la garder prisonnière.

— Pauvre petite vagabonde ! Elle me manque.

— Garde tes jolis vers pour toi. Les soirs de pleine lune, quand je n'ai pas de soucis en tête, j'écoute volontiers tes rimes, mais aujourd'hui, je n'ai pas le cœur à ça. Je veux revoir Marike !

— Ce n'est pas notre fille.

— Je le sais.

— Je ne suis pas un lâche !

— Je veux revoir Marike.

— Mon luth n'est pas une épée.

— Je veux revoir Marike.

— Bon. Je vais aller au château. Il ne faudra pas t'étonner si un soldat te rapporte ma tête.

Une larme coula sur sa joue.

— Alors tu embrasseras mes lèvres pour la dernière fois et tu enterreras ma tête dans un trou profond.

Isabella rit. Elle embrassa Joachim.

— Cesse de pleurer, dit-elle. Je m'en occupe ! D'ailleurs la Comtesse ne sera pas sensible à tes paroles, elle le sera aux miennes.

Elle se dirigea vers Margot d'un pas décidé.

– Tu as allaité ton fils trop longtemps, lui dit-elle.

– C'est pour ça qu'il a une jolie voix.

Isabella détacha un âne et sauta sur son dos.

– Eh bien, ma belle, tu veux te faire écarteler ou jeter dans l'huile bouillante ? lui lança Margot.

Isabella lui indiqua un panier de cerises.

– Donne-moi ce panier et fais une prière pour moi.

Margot saisit le panier et le tendit à Isabella.

– Tu vas manger des cerises avec la Comtesse ? J'espère que tu ne t'en mordras pas les doigts.

Margot se signa.

– Je prierai pour toi.

Isabella hocha la tête d'un air rassurant.

– Quand on veut, on peut !

Elle donna à l'âne une bonne claque sur le derrière.

– Avance, fit-elle.

L'âne ne bougea pas.

Isabella se pencha vers son oreille.

– Quand je dis *avance*, monsieur Grand'zoreilles, ça veut dire *avance*, lui souffla-t-elle gentiment. Ou tu veux que je te brise les os ?

Monsieur Grand'zoreilles ne se le fit pas dire deux fois. D'un pas lent, il se mit en route.

Les gardes postés près du pont-levis levèrent le bras.

– J'apporte à la Comtesse des cerises aux vertus salutaires. Le magistère est au courant, déclara Isabella.

Les gardes l'observèrent sans rien dire.

– Vous êtes laids comme des poux, leur lança-t-elle.

– C'est à nous que tu causes ? demanda l'un d'eux.

– Fils de paysans, n'est-ce pas ?

Les gardes hochèrent la tête.

– J'ai été la femme d'un cul-terreux. Il est mort et enterré à l'heure qu'il est. Deux dents, qu'il lui restait. Son nez était rouge comme une betterave trop cuite. J'étais folle de lui. Je me languis chaque jour de ses bras forts, de son odeur d'ours mal léché !

Les gardes esquissèrent un sourire.

– Tu peux entrer. On se reverra tout à l'heure.

Quelques instants plus tard, Isabella pénétrait dans le château, son panier de cerises à la main.

« Courage, ma vieille, se dit-elle. Fais comme si tu venais ici tous les jours. Ne montre pas que tu as peur. Ne regarde pas autour de toi, avance tout droit, oui, là, les marches ! »

Elle gravit un large escalier. Des femmes descendaient. Elles ne firent pas attention à elle. Elle s'arrêta devant une porte à deux battants.

Deux gardes croisèrent leurs lances.

– Des cerises pour la Comtesse. Vous êtes au courant, n'est-ce pas ?

Les gardes restèrent de marbre.

– Dans ce cas, je repars. La Comtesse sera déçue.

Isabella s'éloigna. Elle sifflota un air gai qui résonna clairement dans l'immense couloir.

Les gardes toussotèrent.

Elle jeta un coup d'œil par-dessus son épaule et sourit.

La porte à deux battants s'ouvrait.

L'un des gardes annonça :

– La jeune femme aux cerises !

Isabella fit demi-tour et passa devant eux la tête haute.

La Comtesse était assise à une longue table étroite. Une feuille de parchemin était posée devant elle.

Le seul bruit dans la pièce était celui du frottement d'une plume d'oie peinte en rouge.

– Me voilà, noble dame, déclara Isabella.

Cette dernière leva les yeux d'un air contrarié.

Isabella souleva son panier.

– Des cerises, s'écria-t-elle d'un ton enjoué.

– Des cerises, répéta la Comtesse, j'ai horreur des cerises. Encore une idée du magistère ? Cet homme croit que tout ce que je n'aime pas est bon pour ma santé.

– Ces cerises sont aigres, déclara Isabella.

– Remporte-les, dit la Comtesse en se penchant sur sa feuille de parchemin.

– Noble dame, poursuivit Isabella, ne m'en voulez pas, j'agis dans les meilleures intentions. Euh, laissez-moi vous expliquer : je viens chercher Marike.

La Comtesse reposa sa plume d'oie.

– Marike ? répéta-t-elle.

Elle observa Isabella sans sourciller.

– Les cerises n'étaient qu'un prétexte. N'y touchez pas. Vous auriez des coliques.

– Qui es-tu ? demanda la Comtesse d'une voix à peine audible.

La douceur de sa voix lui sembla de mauvais augure, mais Isabella répondit :

– J'appartiens à la troupe des comédiens. Vous nous avez chassés, il y a quelques jours de cela.

– Quand je fais chasser les gens de mon château, répliqua la Comtesse d'un ton un peu moins doux cette fois, d'habitude, je ne les revois pas.

– Je suis là.

– C'est ce que je vois !

– Votre pouvoir est grand. Il vous suffit de taper dans vos mains et on n'entendra plus jamais parler de moi.

– En effet.

– Marike a été impertinente. Ce n'est pas sa faute. Elle vient de la forêt hantée. Elle a appris à lire et à écrire, mais sur les gens, elle sait bien peu de chose. Vous n'auriez pas dû l'enfermer.

– Je ne l'ai pas enfermée. À l'intérieur du château, elle peut aller et venir à sa guise.

– Petite ou grande, une prison reste une prison.

– Tu n'as pas peur de la mort ?

– Et vous, vous avez peur de la mort ?

La Comtesse fronça les sourcils.

– Oui, j'en ai peur.

– Moi aussi, dit Isabella. Qu'allez-vous faire de Marike ?

— Tu ne cesses de m'interroger. C'est moi qui pose les questions ici.

— Je ne suis ni une courtisane, ni votre servante. Je ne devrais même pas être ici, et je ne devrais pas vous poser de questions. Les grands messieurs et les grandes dames s'amusent des nains. Marike est-elle pour vous une naine faite pour vous distraire ? Oui, c'est encore une question, je ne peux pas m'en empêcher.

La Comtesse joignit les mains.

— Je veux que Marike reçoive une éducation et qu'elle apprenne les bonnes manières. Qu'elle devienne une demoiselle. Lorsque ce sera fait, je prétendrai qu'elle est ma fille.

— Elle n'est pas votre fille.

— Qui osera me contredire ?

— Après votre mort, tout le monde osera. On dira : « Cette jeune fille est une intruse, à l'échafaud ! » Elle sera guillotinée. Ses jolis atours et ses belles manières ne lui seront d'aucun secours.

— Qu'adviendra-t-il d'elle chez une bande de vauriens, des baladins ?

— Des vauriens, pour sûr. Ce n'est pas moi qui vous contredirai.

— Votre condition vous permet-elle de prendre soin d'elle ?

— Si nous ne mourons pas de faim, elle ne mourra pas de faim non plus.

— Tu n'as pas eu peur de venir au château ? Comment as-tu fait pour entrer ? Les cerises ?

Isabella hocha la tête.

— Je suis entourée d'incapables. Tu aurais pu m'assassiner. Tu ne voudrais pas rester ici ? Tu t'occuperais de Marike.

— Non, répondit Isabella. Vous pouvez mettre fin à mes jours. Vous pouvez me renvoyer, avec ou sans Marike.

La Comtesse se leva. Elle s'avança lentement vers Isabella.

— Je suis une femme puissante. Après ma mort, je n'aurai plus aucun pouvoir. Tu fais bien de me le rappeler. Je suis d'accord avec toi.

Elles échangèrent un regard.

— Marike raconte tout ce qui lui passe par la tête, dit la Comtesse, cela m'amuse.

— Vous avez jeté votre dévolu sur Marike. Mais c'est moi qu'elle a choisie.

— En es-tu bien sûre ?

— Non.

— Femme, dit la Comtesse, reste ! Tu seras une mère pour Marike. À moins que les baladins ne puissent se passer de toi ?

— Si je ne retourne pas auprès d'eux, ils hurleront comme des loups. Puis ils essuieront leurs larmes et reprendront la route.

— Tu seras grandement récompensée.

— Vous me demandez de rester. Je pourrais vous demander de vous joindre à nous.

— Que ferais-je hors de ce château ?

– Que ferais-je dans ce château ?

– Tu trouves que je suis vieille ?

– En toute franchise ?

– Non.

Les deux femmes rire en chœur.

– Marike est dans les écuries. Un poulain est en train de naître. Il est pour elle.

– Un poulain ! Vous marquez des points. Si elle souhaite rester avec vous, je repars sans broncher.

– Qu'as-tu à lui offrir ?

– Un vieux bourrin, deux ânes pas très futés, trois hommes qui pètent, une femme qui a une grosse voix et l'allure d'un ogre, et puis mon épaule les jours où elle aura du chagrin. Il faudra qu'elle travaille, on n'est pas sur terre pour son bon plaisir !

– Je vais dire aux gardes d'appeler Marike.

Marike entra en courant dans les appartements de la Comtesse. Elle avait retroussé les manches de sa belle robe, elle avait les mains toutes noires.

Elle se dirigea vers la Comtesse, elle n'avait pas remarqué la présence d'Isabella.

– Sa mère l'a léché jusqu'à ce qu'il soit propre et après il s'est levé sur ses pattes, j'ai cru qu'elles allaient se briser sous son poids ! Ses yeux sont presque aussi grands que ses oreilles. Il a reniflé le ventre de sa mère. Il ne trouvait pas où téter. Il est vraiment à moi ?

– Il est à toi.

— Je le brosserai tous les jours. Je veillerai à ce qu'il ait tous les jours sa ration d'avoine.

— Il y a ici quelqu'un qui veut t'emmener.

Marike se retourna.

Elle découvrit Isabella.

— Cette femme ne veut pas que tu deviennes un jour comtesse. Si tu pars avec elle, le poulain restera ici.

La Comtesse s'adressa à Isabella.

— Comme tu le vois, j'essaie de l'acheter.

— À chacune ses armes, répliqua Isabella.

Elle croisa les bras d'un air décidé.

— Veux-tu voyager avec les comédiens, Marike ? Ou préfères-tu rester dans ce château, où tu apprendras à monter à cheval ?

Marike se tenait immobile.

Isabella poursuivit :

— Si tu viens avec nous, tu connaîtras plus d'une fois la faim. Selon que la journée sera bonne ou mauvaise, le public te jettera des pièces ou de la boue et des pierres.

— Ici, tu ne souffriras jamais de la faim, Marike, dit la Comtesse à son tour. Le soir, nous nous raconterons des histoires. Tu devras consacrer beaucoup d'heures à l'étude et tu n'auras pas de camarades de jeux. Le pouvoir est doux et amer. Tu seras riche et respectée de tous.

— Les deux options présentent des avantages, conclut Isabella.

Marike se précipita vers elle. Isabella la souleva, Marike jeta ses bras autour de son cou.

La Comtesse détourna les yeux.

— Du calme, fit Isabella.

Marike l'embrassait sur le nez, sur la bouche, sur les oreilles et sur les joues.

— Où étais-tu ? demanda-t-elle.

La Comtesse et magistère Esculape observaient de derrière la fenêtre le chemin qui serpentait jusqu'en bas de la colline.

Isabella marchait à côté de l'âne. Ses cheveux flottaient au vent.

Marike était assise sur le dos de l'animal. Elle le tenait par les oreilles. Ses cheveux blonds, qu'elle portait courts, brillaient sous le soleil.

L'âne avançait à pas lents.

Isabella et Marike échangeaient un regard de temps à autre, tout en grappillant des cerises.

« Elles rient, elles bavardent », songea la Comtesse.

— Je ne reverrai plus jamais Marike, dit-elle à magistère Esculape.

— Dame de haut parage, répondit-il, vous avez pris une sage décision. Une enfant du peuple n'a pas sa place ici. Elle vous aurait rebattu les oreilles avec ses bavardages.

— L'homme a-t-il une âme ?

— L'homme a une âme, et cette âme, il peut la vendre au Diable.

– J'aurais volontiers vendu mon âme au Diable pour cette enfant, mais il n'est jamais là quand on a besoin de lui.

Magistère Esculape se signa.

– Vous ne seriez pas le Diable par hasard ? lui demanda la Comtesse d'un ton aimable.

– Non, répondit-il, je ne suis pas le Diable.

– Comment vous imaginez-vous mon âme ?

– Un feu sacré.

– Mais non, magistère, mais non. Mon âme est une petite fille aux pieds glacés.

– Une petite fille aux pieds glacés ?

La Comtesse vit disparaître la femme, l'âne et Marike au détour du chemin.

– Elle va me manquer.

– Ces baladins vous ont importunée. Dois-je les faire chasser de la ville ?

– Je souhaitais donner une éducation rigoureuse à Marike, comme celle que j'ai reçue. Je voulais chasser un fantôme par un autre. Chez les comédiens, Marike n'aura jamais froid aux pieds.

Elle lança un regard glacial à magistère Esculape.

– Je vous interdis d'entreprendre quoi que ce soit contre ces gens.

– Oubliez cette enfant, Comtesse, cela vaut mieux.

– Je n'en ferai rien, magistère !

15

Où Marike revêt ses vieilles nippes, grimpe dans un arbre et fait peur à Joachim

Après avoir joué une pièce dans laquelle le Diable recevait une bonne correction, les baladins quittèrent la ville.

Le ciel était sans nuages. Des vagabonds, allongés dans les prés, se réchauffaient aux rayons du soleil. Les baladins firent une halte près d'un ruisseau limpide, à proximité d'un endroit vallonné et boisé.

– Quelle belle herbe grasse, l'endroit idéal pour attendre de voir ce que demain nous réserve ! s'exclama Isabella.

Vêtue de sa robe de demoiselle, Marike se tenait sur la plate-forme de la grande roulotte. Elle pointa le doigt vers la gauche et dit :

– C'est ici qu'habite la veuve noire.

Puis elle pointa le doigt vers la droite et dit :

– Et par là, c'est la forêt hantée.

Margot, qui se tenait près de Marike, leva le doigt et demanda :

– D'où vient le vent ? Il ne vient de nulle part. Il n'y a pas de vent. Nous pourrons allumer un petit feu et faire mijoter la soupe.

Elle retroussa ses manches. Du pouce et de l'index, elle palpa la douce étoffe de la robe de Marike et dit :

– De quoi faire de jolis couvre-chefs pour nos hommes, quand ils joueront les beaux seigneurs !

Marike releva la tête et déclara fièrement :

– Dans cette robe, je suis une demoiselle. Tout le monde doit faire ce que je dis.

Margot se mit à rire.

– Tu crois vraiment, mignonne, que tu es une demoiselle ?

Marike hocha la tête.

– Un casque sur la tête de n'importe quel brave type suffit à faire de lui un guerrier sanguinaire.

– Je connais une histoire sur un singe. Il portait une couronne.

– Avec ou sans couronne, un singe est un singe. Sais-tu ce que ce vaurien de moine disait ?

– Quel moine ?

– Le père de Joachim. Je ne t'ai jamais parlé de lui ? Une nuit, il est parti me cueillir « des fleurs de lune ». Je ne l'ai jamais revu.

Margot se tapa sur le ventre.

– Mon ventre était deux fois plus gros que maintenant à ce moment-là.

– Alors, qu'est-ce qu'il disait, ce moine ? demanda Marike avec impatience.

– Il disait : « Les chausses en couleur, les manteaux d'apparat, les lourdes cuirasses, l'accoutrement des évêques et des cardinaux, tout ça, c'est de la foutaise. Si tout le monde se contentait d'une fourrure jusqu'aux pieds, tout irait beaucoup mieux ! »

– Oh, je la connais, cette histoire ! Pourquoi tu avais un gros ventre ?

– Joachim, répondit Margot.

– Joachim était dans ton ventre ?

– Oui, et depuis un certain temps déjà. Le moine n'avait pas tourné les talons que Joachim montrait le bout de son nez.

– Tu n'avais pas envie que le moine le voie ?

– Oh si, pour sûr !

– Il ressemble à son père, Joachim ?

– Non, heureusement ! Le moine était laid comme un épouvantail à moineaux. Seuls les pieds étaient convenables. Blancs et minces. Ce qui est peu commun. Regarde autour de toi, tu verras que la plupart des hommes ont les pieds sales et les ongles cassants.

– Ils ne se les lavent pas tous les jours dans le

ruisseau. C'est pourtant ce qu'il faut faire. Il se lavait les pieds tous les jours, ce moine ?

— Tous les jours, et de préférence dans un ruisseau. Il disait : « Quand je contemple mes pieds blancs, les plus belles histoires me viennent à l'esprit. »

— Dans *L'humanité est une farce*, il est écrit : « Qu'est-ce qu'un père enseigne à son fils ? Il lui apprend à boire, à trucider son prochain, à cogner sa femme et à rosser son chien. Le fils qui n'a que sa mère développera un caractère doux et aimable, et une aversion pour les armes. »

— Ma chérie, ces paroles, sortant de ta bouche, sont cocasses. Comprends-tu au moins ce que tu dis ?

— Je comprends toujours ce que je dis.

— Quoi qu'il en soit, Joachim a grandi sans son père. C'est un gentil garçon, vraiment. Au temps où je pouvais encore le prendre dans mes bras et le câliner, il me racontait déjà des histoires. De très belles histoires. Parfois, j'en avais les larmes aux yeux. J'ai vite compris qu'il avait l'âme d'un ménestrel. Un jour, je lui ai parlé de son père. Il a demandé : « Des fleurs de lune ? Où les trouve-t-on ? J'irai t'en cueillir. » Charmant, n'est-ce pas ? Cette nuit-là, il a passé un long moment à regarder la lune. Je lui ai demandé : « À quoi songes-tu ? » « À mon père », m'a-t-il répondu.

— Son père est un chenapan.

— Un sacré chenapan, oui !

Elles rirent de bon cœur.

– De braves chenapans, il en faut !

Margot entassait des branches sèches non loin de la roulotte.

Marike plongea les mains dans une montagne de vêtements et elle se mit à fouiller avec détermination.

Joachim s'éloignait des roulottes. Il ne remarqua pas l'âne et le vieux cheval qui cessèrent de brouter et levèrent la tête.

Il scruta le soleil jusqu'à ce que les yeux le brûlent.

Il écouta le pépiement des oiseaux jusqu'à ce que les oreilles lui sifflent.

« Je ne suis pas un homme, un vrai, se dit-il. Pour libérer Marike, ma femme a enfilé la culotte. Fière comme un homme, elle marchait à côté de l'âne. Marike trottinait de l'un à l'autre. Elle lui a donné plus de baisers que le ciel ne compte d'étoiles. Et Isabella m'a serré dans ses bras plus fort que jamais en disant : "Voilà qui est fait ! Maintenant, débrouille-toi pour que Marike ait beaucoup de petits frères et sœurs. Je ne veux pas faire d'elle une enfant gâtée." »

Il s'arrêta et demeura immobile.

– Isabella m'aime, dit-il à haute voix, mais moi je ne m'aime plus.

Il secoua la tête.

« De cette aventure, je vais faire une histoire, décida-t-il. Une belle histoire. Mais aujourd'hui je ne suis pas d'humeur à inventer des histoires. Je me sens vide. Le Diable ne peut rien pour moi. Marie ne peut rien pour moi. C'est ce lâche de Joachim qui me tracasse. »

Il alla s'asseoir dans les herbes hautes.

– Quelle belle journée ! constata-t-il avec tristesse.

Marike avait enfilé ses culottes en peau de lièvre et la tunique qu'elle portait dans la forêt hantée. Elle avançait pieds nus dans le ruisseau en s'éclaboussant.

Le soleil se reflétait dans l'eau.

À cet endroit précis, elle se laissa tomber à plat ventre. Le soleil éclata en mille morceaux.

Elle ressortit trempée. L'herbe lui piquait les pieds. Quand, arrivée en haut de la colline, elle se mit à courir d'arbre en arbre, ses vêtements étaient déjà presque secs. Le paysage ne ressemblait pas à celui de la forêt hantée, mais l'odeur était la même. Elle huma les feuilles fraîches sur les branches, les feuilles brunes sur le sol, le moisi douceâtre des champignons et, bien sûr, la terre sous l'herbe.

Un peu étourdie par toutes ces senteurs, elle cessa de courir.

« Je ne veux pas dormir, se dit-elle. Je ne tiens pas à me réveiller au milieu des fourmis. »

Elle s'arrêta près du plus bel arbre. Une branche courbée touchait le sol. Agile, elle grimpa prestement sur la branche, puis elle s'adossa au tronc. Ses jambes se balançaient dans le vide, à bonne distance de l'herbe.

« Ici, se dit-elle, je suis de nouveau Marike. »

Elle rit. Elle avait retrouvé son rire d'avant.

Joachim avançait dans sa direction.

Elle resta immobile sans faire le moindre bruit.

Joachim passa près de l'arbre en regardant ses pieds.

Marike se laissa tomber en faisant un bruit sourd.

Il retint un cri. Il lança des regards effarés autour de lui.

Marike était par terre, accroupie comme une grenouille.

– Tu cherches quelque chose ? demanda-t-elle.

– Je me cherche, répondit Joachim. Qu'est-ce que tu fais là ? Tu t'es sauvée ?

– Dans ces vêtements, je peux courir, je n'ai peur de rien, ni de personne.

– Tu m'en veux ?

– T'en vouloir ? Non. Bientôt ce sera le soir. Et puis après la nuit. Tout le monde s'endormira. Sauf Jean des Rats. Et nous deux.

Joachim hocha vaguement la tête, il s'avança vers l'arbre, puis il s'assit contre le tronc.

Marike sautilla jusqu'à lui.

– Tu n'es pas curieux de voir ton fils ?

– Je n'ai pas de fils.

– Le fils du Diable.

– Je ne suis pas le Diable aujourd'hui.

– Tu es Marie ?

– Non, je ne suis pas Marie non plus.

– Alors, tu es qui aujourd'hui ?

– Joachim. C'est tout.

– Qui est Joachim ?

– Joachim t'a laissée tomber. C'est un type qui ne vaut pas cher.

– Cette nuit, nous allons chez Jean des Rats et la veuve noire.

– Elle est très dangereuse ?

– Si elle t'attrape, elle te fera rôtir.

– Oh, c'est tout !

– On va lui faire peur.

– Ce n'est pas un jeu, n'est-ce pas ? Moi j'aimerais que tout soit un jeu.

– Tu vas me raconter une histoire, hein ?

– Qu'est-ce qui te fait croire ça ?

– Je le vois à tes yeux.

– Qu'est-ce que c'est, *une histoire* ?

– C'est ce qu'on trouve dans les livres.

– Dans les livres, il y a des histoires, mais chacun de nous est une histoire en soi.

– Il existe énormément de gens, hein ?

– Oh oui ! Il y a des milliers et des milliers d'histoires qui se promènent partout à travers le monde.

– Raconte !

– Je n'ai rien à raconter. Je regarde le soleil, j'écoute les oiseaux.

– Ton père a de beaux pieds, bien blancs.

Joachim eut un petit rire ironique.

– C'est Margot qui te l'a dit.

– Tu ne l'as jamais vu, hein ?

– Jamais. Margot disait : « Ton père est un moine. Il a les pieds blancs et doux comme tes petites joues. »

– Tu savais ce qu'était un moine ?

– Margot disait : « Un moine est un homme en soutane noire, il ne porte qu'une petite couronne de cheveux, pour le reste, il est chauve. »

– Frère Willem m'a expliqué comment on prie. Regarde, comme ça.

Marike joignit les mains et croisa les doigts.

– Et tu dis : « *Ave Maria* ».

– Un jour, poursuivit tranquillement Joachim, j'ai vu près de la maison un homme gras en soutane noire, il ne portait qu'une petite couronne de cheveux, pour le reste il était chauve. Je me suis dit que ce devait être mon père. Je lui ai demandé : « Monsieur le moine, êtes-vous mon père ? » Les yeux lui sont presque sortis de la tête. J'ai regardé ses pieds. Ils étaient tout noirs dans ses sandales, on ne distinguait même plus les ongles de ses orteils. J'ai dit : « Oh non ! vous n'êtes pas mon père, vous avez les pieds sales. »

– Il était peut-être en route vers un ruisseau.

– Il est devenu rouge de colère et m'a donné une bonne paire de claques.

– Aïe !

– Il m'a dit : « Petite canaille ! Comment pourrais-je être ton père ? Je suis un moine vertueux. Tu as beau être encore petit, tu ressembles au Diable ! »

– Sans tes cornes, tu ne lui ressembles qu'un petit peu.

– En rentrant, j'ai dit fièrement à Margot : « Je ressemble au Diable. Qui c'est, le Diable ? » Elle m'a répondu : « C'est un ange déchu. Il habite l'enfer et persécute les damnés. »

– En enfer brûle le feu de l'enfer, le même feu qui sort de ta bouche.

– Cela aussi, ce n'est qu'un jeu.

– La veuve noire ne sait pas que ce n'est qu'un jeu.

– J'ai demandé à Margot si elle avait déjà vu le Diable. « Je ne l'ai jamais vu, mais je sais que, les jours de mauvais temps, il rôde sur terre. Il essaie de convaincre les gens de lui vendre leur âme », m'a-t-elle répondu. J'ai demandé encore : « Est-ce que j'ai une âme ? » « Sans âme, tes yeux ne verraient pas, tes mains ne sentiraient pas, ta langue serait insensible. Sans âme, tu ne connaîtrais ni la douleur, ni la tristesse, ni la joie. »

– J'ai une âme, je le sais maintenant. Continue !

– J'ai demandé à Margot à quoi ressemblait le Diable. « Sa cape, m'a-t-elle répondu, est noire à l'extérieur et rouge à l'intérieur. Il porte des cornes, un nez pointu et de longues dents menaçantes. Il parle bien. Si tu le croises, Joachim, tu lui diras : "Toi, je ne t'écoute pas, vilain Démon que tu es !" »

– Oui, dit Marike, mais moi j'oublie souvent ce qu'Archibald m'a recommandé de dire.

– Je suis parti à la recherche du Diable. J'ai marché, marché. Nulle part je ne trouvais ce vilain Démon. Je me suis reposé près d'un ruisseau. J'ai surpris mon reflet dans l'eau. J'ai découvert mon nez pointu. J'ai ri, j'ai découvert mes longues dents. Je me suis dit : « Le Diable, c'est moi, mes cornes n'ont pas encore poussé. »

– Avec tes cornes, tu es tout à fait le Diable.

– J'ai passé un tissu noir sur mes épaules, j'ai fait des bonds autour des enfants en criant : « Je suis le Diable, je vais vous emmener en enfer. » Ils ont ri. Ils ont crié : « On dirait une fille ! »

Joachim se leva d'un bond. Les mains sur les hanches, il tourna le regard vers la cime des arbres, vers le ciel.

– Oui, Marike. Alors, je me suis dit : « Tiens, je suis une fille ! » J'ai déniché dans une malle quelques vieux vêtements qui avaient appartenu à Margot. J'ai enfilé une jupe trop longue, j'ai passé un tissu coloré autour de mon cou, j'ai piqué des fleurs dans mes cheveux et j'ai marché à petits pas. J'étais aux anges. C'était si agréable d'être une fille ! Je me déguisais à longueur de journée. En l'espace de quelques secondes, je n'étais plus une demoiselle élégante, mais je redevenais le Diable, ou un brave chevalier. Je me battais contre des dragons, je pleurais comme une jouvencelle, je hurlais comme un Diable. Quand j'étais trop fatigué, je redevenais moi-même.

– Qui c'était, *toi-même* ?

– Un petit garçon au ventre vide, un petit garçon

qui tombait de sommeil, un petit garçon paresseux. Rien de bien intéressant.

Joachim s'adossa au tronc et cacha sa tête dans le creux de son bras. Ses épaules étaient secouées de soubresauts.

– Tu pleures ?

– Oui, répondit-il, des sanglots dans la voix. Je pleure parce que je ne suis ni le Diable, ni Marie, ni le renard aux mille ruses, ni le chevalier en larmes près du corps sans vie de sa belle.

Ses épaules étaient toujours secouées de sanglots.

– Tu es un beau Diable, je t'assure !

Joachim montra son visage. Ses yeux étaient secs.

– Je ne pleurais pas pour de vrai.

– Je le savais !

– Quand le soleil brille, et que les oiseaux chantent, je joue toujours le Joachim qui a du chagrin.

– Cette nuit aussi, nous allons jouer, déclara Marike.

16

Où Jean des Rats entend de drôles d'oiseaux et où le Diable accompagné de ses acolytes vient chercher son fils

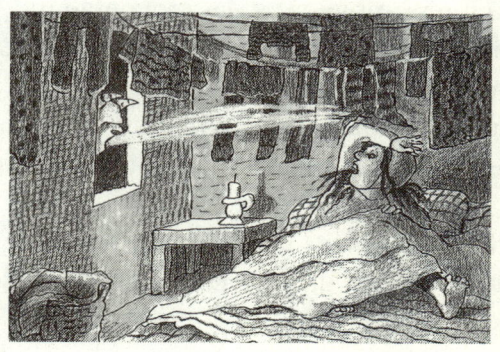

Jean des Rats fut réveillé par le silence.

Les rats autour de lui ne chahutaient pas dans la paille, ne couinaient pas en poussant des grognements et ne se chamaillaient pas.

– Que se passe-t-il, les gars ? leur demanda-t-il.

Les rats dressaient l'oreille, remuaient le museau.

– Qu'est-ce que vous entendez ?

Ils ne faisaient pas attention à lui.

Il tendit l'oreille.

« Dommage, se dit-il, je ne peux pas pointer l'oreille comme eux. »

De ses mains, il les replia vers l'avant.

– Vous m'avez appris à mieux écouter, dit-il en s'adressant à ses compagnons, mais je dois faire avec les moyens du bord, je ne serai jamais un vrai rat.

Il entendit le vent souffler dans les branches.

– Rien d'anormal, dit-il.

Ratoune le regardait. Comme elle voulait qu'il écoute au lieu de bavarder, elle poussa des couinements qui ressemblaient à des grognements.

Au bout d'un moment, Jean des Rats entendit le cri d'un oiseau de nuit.

– Je ne le connais pas, celui-ci, fit-il à Ratoune.

L'oiseau se tut. Un autre répondit immédiatement par des sifflements nerveux.

– Drôles d'oiseaux ! Que viennent-ils faire ici ?

Il se redressa et se dirigea vers la fente entre les deux planches.

Ratoune grimpa le long de ses jambes, le long de son dos, puis elle alla se percher sur son épaule.

Le cri retentit de nouveau.

– Ce n'est pas le cri de la chouette, celui-ci est plus chantant.

Après le cri, le sifflement nerveux retentit de nouveau.

– De drôles d'oiseaux s'appellent et se répondent. S'agit-il bien d'oiseaux ?

Ratoune flairait autour d'elle. Elle n'était pas tranquille.

Ratoune partit en éclaireur comme le lui avait demandé Jean des Rats. Elle aperçut des silhouettes suspectes autour de la maisonnette. Elle se faufila à l'intérieur par une petite ouverture sous la porte.

La veuve noire fut réveillée par des bruissements.

« Ce n'est pas possible, se dit-elle, pas dans ma propre maison ! »

Elle se dressa sur son séant et examina le plancher.

– Je t'arrache la tête de mes propres dents si tu es qui je pense.

Le bruissement venait à présent de derrière le pot à lait noir.

– Ce pot est vide, cria la veuve noire. Je n'ai pas de lait pour toi, fiche-moi le camp !

Ratoune grimpa sur le pot au lait.

– Non, hurla la veuve noire effarée, non !

De son perchoir, Ratoune observait cette furie de ses petits yeux noirs écarquillés.

Elle hurlait.

Le petit animal ne comprenait pas pourquoi.

– Oh, non ! je ne t'arracherai pas la tête de mes dents. Je t'en prie, va-t'en, sinon je vais mourir de peur.

Ratoune ne faisait déjà plus attention à elle. Elle observait une grosse tête verte aux lèvres orange. La tête, que la lune éclairait, regardait par la fenêtre.

Ratoune poussa un couinement qui ressemblait à un grognement, elle sauta du pot, se faufila par l'ouverture sous la porte et courut retrouver Jean des Rats.

– Le monstre est parti, sois tranquille. Recouche-toi, ma vieille, se dit la veuve noire à haute voix.

Elle s'allongea, se tourna sur le côté droit ; c'est alors qu'elle aperçut la tête derrière la fenêtre. Elle ne sursauta pas.

– Espèce de nigaud ! Qu'est-ce que tu me veux ?

Un large sourire se dessina sur la tête. Les commissures des lèvres touchaient presque les oreilles.

– On ne peut pas dire que tu sois beau ! Je n'ai peur de rien, en dehors des rats. Tu peux faire ce qui te chante.

Le démon vert tira la langue et l'agita en tous sens.

– Je suis le serviteur du Diable, dit-il d'une voix cinglante. Mon maître m'a donné l'ordre de te réveiller.

La veuve noire toussota.

La drôle de tête disparut.

Une autre tête sur laquelle pointaient de petites cornes surgit. En l'espace d'un instant, elle disparut à son tour.

– Le Diable en personne, marmonna la veuve noire. Que vient-il faire ici ?

À l'extérieur, un long cri triste retentit.

Lentement, une tête blême aux yeux comme deux billes noires sortit.

– Ohohohoh !

– Laissez-moi tranquille.

La tête blême se baissa lentement, le cri n'en finissait plus.

Une lumière crue éclaira la pièce.

Juste après, la veuve noire aperçut la tête du Diable pour la deuxième fois. Une flamme étincelante jaillit de sa bouche satanique.

Avant que la veuve noire n'ait eu le temps de comprendre ce qui se passait, le Diable avait disparu et elle se trouvait de nouveau plongée dans la pénombre.

Elle se redressa et posa les pieds par terre.

« Ma vieille, se dit-elle, tu commences à entendre des voix. »

Elle se frotta vigoureusement les yeux.

De nouveau, une lumière éblouissante éclaira sa chambre.

Pour la troisième fois, le Diable lui apparut.

Il cracha une flamme, longue, aveuglante, scintillante, encore plus impressionnante que les autres.

– Doux Jésus, s'écria-t-elle, le Diable attend quelque chose de moi !

Par la fente entre les deux planches, Marike vit un œil, celui de Jean des Rats, et les deux petits yeux de Ratoune.

– Tu te souviens de moi ? demanda-t-elle.

L'œil de Jean des Rats s'ouvrit tout grand.

– J'ai ramené des amis.

– Tu as ramené de drôles d'oiseaux !

– De très drôles d'oiseaux !

– Tu as toujours le nez noir.

– Une comtesse a voulu me garder.

– Pourquoi ?

– Parce que je lui avais dit : « Tu es méchante. »

Marike et Jean des Rats se turent quelques instants.

– Ça t'étonne ?

– Je n'aurais pas l'idée de dire une chose pareille à une comtesse, mais ça ne m'étonne pas.

Un peu plus loin, on entendit clairement une voix ordonner :

– Femme, sors de ton trou !

– Qui est-ce ? demanda Jean des Rats en sursautant.

– C'est ton père, le Diable, répondit Marike en riant.

La veuve noire se tenait en partie cachée derrière le gros chaudron rond.

Le Diable, de l'autre côté, brandissait un flambeau allumé et crachait le feu.

Deux démons, un gros et un maigre, exécutaient une danse endiablée autour du grand récipient.

– Si tu crois que tu me fais peur ! lui cria la veuve noire.

Le Diable abaissa son flambeau.

– Ah, sur terre, l'air frais me revigore. J'en avais assez de la fumée et des odeurs de soufre. Il doit se cacher ici. Je l'ai lu dans les feux de l'enfer.

– Qui se cache ici ? hurla la veuve noire.

– Mon fils, hurla le Diable à son tour.

La veuve noire tomba à genoux et joignit les mains.

Elle récita une prière à haute voix.

– Ô Seigneur Dieu, venez en aide à votre humble servante. Le Malin est venu lui rendre visite. J'ai vu les flammes jaillir de sa bouche. Il s'est adressé à moi avec sa langue de serpent.

Le Diable contourna le chaudron et se pencha vers elle. Il approcha son flambeau de son visage.

– Je ne voudrais pas vous déranger, mais pourriez-vous me dire où est mon fils ? demanda le Diable. J'ai hâte de voir de quoi il a l'air.

– Tu es encore plus laid que je ne croyais.

– Tu n'es pas des plus jolies non plus.

– Je te hais. Tu es le frère de la peste noire. Elle m'a pris mon mari, mes fils et mes filles. Si tu m'emmènes avec toi en enfer, je te rendrai la vie impossible, pour l'éternité.

– Ma petite dame, je n'ai pas l'intention de t'emmener avec moi en enfer. J'ai assez de vilaines têtes autour de moi. Je me passerai de toi comme d'une rage de dents. Rends-moi mon fils et je ne t'embêterai plus.

– Déterre mes morts et redonne-leur le souffle de la vie. Je ferai tout ce que tu voudras.

Le Diable resta un instant perplexe.

– Non, répondit-il enfin, seul Dieu peut ramener les morts à la vie. C'est à lui qu'il faut demander si tu pourras revoir les tiens au ciel.

– Qu'est-ce qu'une vieille femme laide comme moi irait faire au ciel ?

– Rends-moi mon fils et donne-moi la chèvre noire, en échange, je demanderai au bon Dieu de te damner.

– Je serai bien avancée !

– Dieu dira : « Le Diable ose me donner des ordres ! Il voudrait que je damne cette femme ! Pas question ! Je lui ouvrirai toutes grandes les portes du paradis. Non mais, il se prend pour qui, le Diable ? »

Il adressa un clin d'œil à la veuve noire.

Les deux démons, le gros et le maigre, continuaient à danser autour du chaudron. Ils n'avaient pas remarqué que la veuve noire et le Diable se taisaient.

Jean des Rats et Marike avaient entendu les cris.

– C'est vrai, tu as ramené le Diable ? demanda Jean des Rats. Dans ce cas, je préfère encore rester ici.

– Tu croyais que je t'avais oublié ?

– Je le croyais.

– Dès qu'on quitte la forêt hantée, il y a des gens partout. Ça grouille de monde. Il se passe des choses étranges. On peut acheter des florins avec des deniers et des deniers avec des florins, et on n'a rien sans rien. Heureusement que le Diable m'a recueillie dans la rue.

Marike lisait la peur dans l'œil de Jean des Rats.

– C'est vrai que tu es une petite sorcière ?

– Non, pas plus que toi tu n'es le fils du Diable. Tout cela n'est qu'un jeu.

– Un jeu ?

– Ce sont des comédiens. Des bouffons. Ils jouent toutes sortes de rôles. Tu verras.

Ratoune poussa un petit couinement qui ressemblait à un grognement.

– Bonjour, Ratoune, dit Marike. Toi, tu peux venir avec nous. Mais pas tes amis, ils ne sentent pas très bon !

– Tu leur as dit à quel point la veuve noire était méchante ?

– C'était mon idée, répliqua fièrement Marike. Joachim m'a aidée.

– Joachim ?

– Joachim, c'est Marie et le Diable, et quand le soleil brille et que les oiseaux chantent, Joachim est Joachim.

La veuve noire se tenait fière et droite au milieu de la cour. Le flambeau du Diable s'était éteint. Ses deux acolytes étaient assis à ses pieds, épuisés.

– Je ne rentre pas là-dedans ! hurla la veuve noire.

Elle indiquait la grange sombre.

– La nuit, ça grouille de rats.

Le Diable tressaillit.

– Des rats, fit-il, je n'aime pas beaucoup ça !

– Ton fils, cet enfant du Diable, les a ensorcelés. Ils font tout ce qu'il veut. Oui, oui, fais attention qu'ils ne te dévorent pas.

D'un geste décidé, elle arracha de son cou la cordelette où pendait la clé.

– Tiens !

Elle la tendit au Diable.

– Tu peux emmener ton fils. Tu tournes trois fois la clé vers la gauche. Avant que tu n'aies eu le temps d'ouvrir la porte, les rats te courront sur la tête.

Le Diable, l'air embarrassé, se grattait entre les cornes.

– Bon, femme, c'est bien gentil de ta part, mais si tu allais le chercher toi-même ? Il va avoir peur en voyant son père.

– Balivernes ! Tu es un Diable de rien du tout. Prends cette clé.

Elle s'avança vers lui.

– Attends, dit-il d'un ton effaré, ne t'approche pas trop de moi, jette la clé.

Il l'attrapa habilement et s'éloigna. Ses acolytes se levèrent à contrecœur et lui emboîtèrent le pas.

– C'était comment, déjà ? demanda le Diable à son gros compagnon de gauche.

– Tourner trois fois à gauche, répondit celui-ci.

– Un, deux, trois et après ? demanda le Diable à son maigre compagnon de droite.

– Alors, les rats te courront sur la tête.

– Je n'ai pas peur, affirma le Diable.

– Je ne t'ai jamais vu autant d'entrain, murmura son gros compagnon.

– Ton plus beau rôle jusqu'à présent ! Dommage que le public ait raté ça.

Ses deux compagnons tapèrent dans leurs mains.

Le Diable s'arrêta devant la grange.

– Pousse-toi, Marike, ordonna-t-il.

– Donne-moi la clé, répliqua-t-elle.

Elle se tenait dos à la grange. La porte était ouverte. L'intérieur était plongé dans le noir.

– Je vais libérer Jean des Rats. Je n'ai pas peur des rats et ils n'ont pas peur de moi non plus.

– Non, répondit le Diable avec bravoure. C'est moi qui vais le libérer. Il y a combien de rats ? Cinq, dix, euh... cent ?

– Allons, donne-moi cette clé, mon bon petit Diable !

Dans la grange, la lueur de la lune filtrait par la fente entre les deux planches. Marike empila quelques seaux en bois, elle grimpa dessus et sauta dans la cage.

Jean des Rats était assis par terre.

Ratoune était perchée sur son épaule.

Marike s'accroupit. Elle s'empressa d'introduire la clé dans la serrure rouillée du cadenas. En y mettant toutes ses forces, elle parvint à faire tourner la clé trois fois à gauche.

Le grincement de la serrure était si perçant que les rats eurent peur et s'enfuirent.

Seule Ratoune resta tranquillement à sa place.

– Je viens avec vous ? demanda Jean des Rats.

Avec maintes précautions, Marike retira l'anneau de sa cheville.

– Bien sûr que tu viens avec nous !

– Et où allons-nous ?

– T'occupe ! Regarde plutôt ton pied, fini, les chaînes.

Jean des Rats regarda son pied.

– FIni, l'anneau de fer !

– Oui, fini.

– Pourtant je le sens encore.

Marike observait la cheville meurtrie. Elle dit à voix basse :

– Nous allons dans la forêt hantée. Tu as peur ?

Jean des Rats eut un petit rire, comme un hoquet.

– Peur ? Je n'ai plus peur de rien. De rien, ni de personne.

Il se leva en s'aidant de ses mains. Quand enfin il fut debout, il retomba.

– Doucement, dit Marike.

Jean des Rats souleva la jambe qui avait porté l'anneau de fer.

– Est-ce vraiment une jambe ? Elle ne pèse plus rien. Je ne peux plus marcher avec une jambe pareille.

– Alors, il faut que tu t'appuies sur moi.

Jean des Rats était assis sur les épaules du Diable. Il soufflait sur ses cornes. Il rit en les voyant osciller. Marike se cachait derrière le gros démon. La veuve noire n'avait pas encore remarqué sa présence. C'était mieux ainsi. Celle-ci se tenait bras croisés près de la cuve.

– Tu as séduit Ève, dit-elle en s'adressant au Diable.

– Oh, répondit le Diable, il y a bien longtemps de cela.

– Le jour du Jugement dernier, on te jettera dans un puits sans fond.

– Dans le temps, tu marchais la tête haute, n'est-ce pas ?

– Ils avaient tous peur de moi.

– Je veux bien le croire.

– Chez moi, tout le monde était logé à la même enseigne. Les garçons et les filles de ferme, je les menais à la baguette. Quant au patron, à mes fils et à mes filles, c'était pareil. Pas de privilèges !

– Et toi, tu travaillais pour deux.

– Pour dix.

– Tu ne regrettes pas de ne jamais t'être montrée sous ton meilleur jour ?

– Qu'est-ce que ça aurait changé ? Ils n'en seraient pas moins morts pour autant.

Elle tourna les talons. D'un pas viril, elle regagna la maison. Quelques mètres avant la porte, elle s'arrêta. Lentement, elle se retourna.

– La chèvre noire, vous pouvez l'emmener aussi, cria-t-elle. Elle n'a plus de lait. Sa chair doit être sèche et dure comme de la semelle. Même toi, le Diable aux jambes en coton, tu t'y casserais les dents.

Elle entra et claqua la porte derrière elle.

17

Où Archibald découvre deux chèvres près du ruisseau et où il règne une certaine agitation dans la forêt hantée

Archibald était en train de se tremper les pieds dans l'eau fraîche du ruisseau. Il jeta un coup d'œil par-dessus son épaule, en direction de la chèvre au ventre qui pendait. Elle broutait un buisson. Archibald examina ses pieds blancs dans l'eau, puis il examina le ciel. Le soleil brillait au-dessus des plus hautes frondaisons.

– Tout est normal, murmura-t-il. Pourtant, un petit quelque chose me manque.

La chèvre poussa un bêlement.

Il entendit dans son dos comme un plouf dans l'eau.

Il continua à regarder le soleil qui se cachait encore.

– Je suis un peu en retard !

Archibald reconnut la voix de Marike.

– Tu as une petite semaine de retard !

– Une petite semaine ! Alors là, tu exagères !

– Quoi, *alors là, tu exagères* ?

– Beaucoup plus, beaucoup plus.

– Combien à ton avis ?

– Comme ça.

Archibald leva les yeux au ciel d'un air incrédule.

– Regarde mes doigts, dit Marike avec impatience.

Archibald tourna la tête.

Il aperçut enfin Marike.

Elle avait retroussé les jambes de ses culottes en peau de lièvre jusqu'au-dessus du genou. Son nez était tout noir. Elle levait vers Archibald ses deux mains aux doigts tendus.

– Tant que ça, je t'assure !

– Le temps t'a semblé si long ? Il t'est arrivé toutes sortes d'aventures ?

– Mouais, quelques-unes. Presque rien.

– Presque rien, ce n'est pas rien.

– J'ai trouvé une chèvre.

– Moi aussi.

– Oui, je l'ai vue. Elle a le ventre qui pend.

Ils se turent tous les deux.

Ils entendirent bêler une chèvre.

Puis l'autre.

Archibald se retourna lentement.

Au bord du ruisseau, une chèvre noire et une chèvre blanche broutaient côte à côte.

Leurs museaux se touchaient presque.

– Elle est noire, fit Archibald.

– Non, elle est blanche, affirma Marike.

– Elle est au moins aussi noire que ton nez.

– Mon nez n'est pas noir, c'est juste un peu de boue. Et la chèvre a été teinte en noir.

– Qui a fait une chose pareille ?

– La veuve noire.

– Et tu prétends que ce que tu as vécu ce n'était *presque rien*, ce qui en réalité veut dire « beaucoup ».

– Je la laverai tout à l'heure. Jean des Rats m'aidera.

– La veuve noire, Jean des Rats ! Qu'est-ce que tu as fabriqué pendant tout ce temps-là, Marike ?

– Je ne me suis pas lavé les pieds tous les jours. Des femmes aux mains mouillées m'ont récurée de la tête aux pieds plusieurs fois. J'ai lu un livre en latin. J'ai entendu énormément d'histoires. Je n'ai pas consommé de bouillie au lait de chèvre. J'ai mangé de la soupe épaisse avec des morceaux d'os dedans et des petits gâteaux qui te font perdre la tête.

– Ne me raconte pas tout en même temps. Tout à l'heure, devant une bonne assiette de bouillie, tu me conteras une de tes aventures. Quand tu te seras reposée un moment, tu m'en conteras une autre, et comme ça jusqu'à ce que tu m'aies tout raconté.

L'air mélancolique d'une cornemuse s'éleva entre les arbres.

Peu après, l'air gai d'une flûte se fit entendre.

Archibald fronça les sourcils.

– Quel raffut !

– C'est de la musique. La musique, ce n'est pas comme quand tu chantes, je le sais maintenant. La musique, c'est comme de la magie dont les hommes détiennent le secret. Pourquoi tu ne m'as jamais fait ce tour de magie ?

– Je chante faux. Tu sais, moi, la musique, je n'y connais rien.

Marike fredonnait sur l'air de la cornemuse.

Archibald eut un petit rire.

– Tu es douée.

– Tu ne le savais pas, hein ? Viens !

Près d'une clairière, au milieu de la forêt, Joachim, dans son costume de diable, attendait. Il portait Jean des Rats sur ses épaules. Cachés par les arbres, Dirc soufflait dans sa cornemuse et Monne jouait de la flûte.

Archibald s'immobilisa.

Surpris, il découvrit un homme de grande taille, avec des cornes, qui portait un petit garçon roux sur les épaules.

Archibald sourit.

– Vilaine fille, fit-il gentiment, tu as ramené le Diable !

Marike rit sous cape.

Joachim fit descendre Jean des Rats de ses épaules. Il écarta les bras, puis il fit une profonde révérence.

Jean des Rats rejoignit Archibald et Marike en sautillant sur un pied.

– Vous êtes un vieux magicien, n'est-ce pas ? demanda Jean des Rats à Archibald.

– Et toi, qui es-tu ?

– Je suis Jean des Rats. Marike et le Diable m'ont libéré.

Marike tirailla Archibald par un pan de sa veste.

– Lui, là, ce n'est pas un vrai Diable, tu sais, dit-elle en montrant Joachim du doigt.

Joachim leva la main droite pour faire signe à ses camarades.

– Venez ici, diaboliques compagnons, cria-t-il.

En s'adressant à Archibald, il dit :

– Sire, seriez-vous prêt à vendre votre âme pour une musique céleste ?

Dirc et Monne se montrèrent. Ils penchaient la tête et gonflaient les joues.

La musique avait un son fluet, mélancolique.

– Vous appelez ça une musique céleste ? On dirait une marche funèbre sortie tout droit de l'enfer.

Dirc et Monne se mirent immédiatement à jouer un air gai. Ils sautillaient autour d'Archibald.

– Tu m'as amené ces drôles de loustics, les baladins ! dit Archibald à Marike.

– Les deux femmes se cachent, répondit-elle. La

plus gentille s'appelle Isabella. Elle est venue me chercher au château. La Comtesse voulait me garder. Moi, je ne voulais pas.

– Non mais, je rêve !

C'était la voix de Margot qui venait d'apparaître entre les arbres.

Archibald pâlit de frayeur.

– Ce n'est pas Isabella, c'est Margot. Elle a une grosse voix, mais elle est presque aussi gentille qu'Isabella.

– Margot ! s'exclama Archibald. Mais, Marike, comment peux-tu me faire un coup pareil ?

Joachim se fit bousculer par Margot.

Solide, imposante, elle resta plantée sous les arbres. Les mains sur les hanches, elle hurla :

– Théodore ! Tu peux m'expliquer ce que tu fais là ?

Marike et Jean des Rats étaient assis dans l'herbe humide.

Isabella, qui se tenait derrière eux, s'exclama :

– Ce n'est pas possible !

Dirc et Monne avaient cessé de jouer.

Joachim était pétrifié, il ne bougeait pas un cil.

Tous avaient les yeux rivés sur Archibald et Margot.

– Dis donc, tu m'as fait sacrément peur !

– Tu vois qui je suis ? demanda Margot en haussant la voix.

– Oui, oui, tu es Margot.

– Tu ne t'appelles pas Archibald, tu t'appelles Théodore.

– On a bien le droit de s'appeler comme on veut !

– Tu ne voulais pas que je te retrouve, canaille ! C'est pourquoi tu te fais appeler Archibald. Dans toutes les villes, dans tous les villages que j'ai traversés, j'ai demandé : « Avez-vous vu un homme très laid, nommé Théodore ? » « Non, non, me répondait-on, nous ne connaissons pas de Théodore. »

Margot se donna une tape sur le ventre.

– La dernière fois que je t'ai vu, Théodore…

– Je m'appelle Archibald.

– La dernière fois que je t'ai vu, Archibald, Théodore ou que sais-je encore, j'avais un gros ventre.

– Je m'en souviens.

– Regarde le Diable, là-bas !

Archibald se tourna vers Joachim.

– C'est ton fils, mon cher. La chair de ta chair.

Archibald se gratta la barbichette.

Joachim retira lentement son capuchon à cornes et le jeta à terre. Il se défit de sa cape, secoua la tête pour dire non, hocha la tête pour dire oui. De toute évidence, il se sentait dépassé par les événements.

Isabella se laissa tomber à genoux. Elle passa un bras autour des épaules de Marike et de Jean des Rats.

– L'humanité est une farce, souffla-t-elle. Je ne vous apprends rien. C'est une drôle de farce, encore plus drôle que celles que nous jouons sur scène.

– Il s'appelle Joachim, poursuivit Margot.

Elle observa un instant Archibald qui ne faisait pas le fier.

– Et c'est son nom une bonne fois pour toutes, ajouta-t-elle.

Elle retroussa ses manches en prenant son temps.

– Tu vas me passer un savon ? demanda Archibald inquiet.

Margot saisit sa tête qui disparut tout entière entre ses mains, à l'exception de la barbichette.

– Tiens, maintenant que tu te fais vieux, tu n'es pas si laid que ça finalement !

– Tu es toujours la belle femme forte de naguère, dit Archibald d'une petite voix. Alors, ce grand échalas est mon fils, je n'en reviens pas !

Margot tenait toujours la tête d'Archibald entre ses mains.

– Ton fils est un bon petit gars. C'est un ménestrel. La tête dans les nuages. Ton portrait tout craché. Tu peux être fier de lui, mon vieux.

Margot embrassa Archibald avec une telle fougue qu'il eut peine à garder l'équilibre.

L'ancienne cage à oiseaux d'Archibald était posée près du ruisseau.

Ratoune tournait en rond nerveusement. Jean des Rats l'avait enfermée parce qu'elle avait grimpé sur la jupe d'Isabella. Ratoune entendait encore les cris de la jeune femme. Elle cessa de tourner en rond.

De ses pattes de devant, elle s'appuya aux lattes de la cage. Elle regardait Jean des Rats, Marike et la chèvre noire.

Elle poussait des grognements rageurs.

Marike et Jean des Rats frottaient la chèvre dans l'eau fraîche du ruisseau.

Elle était toujours noire.

– Ça alors ! s'exclama Marike, Joachim a retrouvé son père ! Qu'est-ce que tu en dis ?

– C'était une bonne teinture, la teinture noire de la veuve noire ! fit remarquer Jean des Rats avec une certaine fierté. La chèvre restera noire.

– Elle redeviendra blanche, il faut d'abord qu'elle perde ses poils. Bon, j'abandonne !

Marike jeta la brosse sur la berge. Jean des Rats fit de même.

La chèvre noire, mécontente, poussait des bêlements. Elle se dirigea vers la berge, puis elle sortit de l'eau d'un pas mal assuré. Elle se mit immédiatement à brouter les fleurs et l'herbe.

– Il ne le cherchait même pas, son père, Joachim !

– Et toi, tu cherchais ta mère ? demanda Jean des Rats.

– Je ne sais pas, répondit Marike.

– Si, tu la cherchais.

– Je n'ai pas trouvé ma mère, mais Joachim a trouvé son père.

Jean des Rats hocha la tête.

Le rire d'Isabella retentit entre les arbres.

– Je t'ai libéré, poursuivit Marike. Isabella m'a libérée.

Jean des Rats semblait triste.

– Je vais libérer Ratoune, déclara-t-il. Sa place n'est tout de même pas dans une cage !

– Sa place est-elle dans la forêt hantée ? Je n'ai jamais vu de rats ici.

– Elle se débrouillera.

Jean des Rats prit appui sur l'épaule de Marike, ensemble ils regagnèrent le rivage.

Ratoune avait disparu.

Les barreaux de la cage en bois avaient été rongés.

– Elle s'est sauvée !

– Elle a eu raison.

– Elle est partie retrouver ses amis chez la veuve noire.

– Tu n'aurais pas dû l'enfermer.

– Les femmes avaient peur d'elle.

– Quelle idée aussi d'enfermer un rat dans une cage à oiseaux !

– J'avais l'intention de la libérer, répondit Jean des Rats, des sanglots dans la voix. Je viens de te le dire.

– Elle ne pouvait pas le savoir.

– Quand je l'ai enfermée dans la cage, je lui ai dit : « Tout à l'heure, je te rendrai ta liberté. »

– Elle ne connaît pas le langage des hommes. Elle n'a rien compris.

– Elle comprend tout.

– Crie-lui vite que tu regrettes.

Jean des Rats porta immédiatement ses mains à sa bouche.

Archibald et Joachim se promenaient dans la forêt hantée. Ils entendirent crier : « Je regrette ! »

Archibald s'arrêta. Il se tourna vers Joachim, puis il toussota et demanda :

– Tu as entendu ? Je n'ai rien à ajouter, tout est dit !

– Qu'est-ce que je vais faire d'un père, comme ça, du jour au lendemain, tu peux me le dire ?

– Ne t'es-tu jamais demandé à quoi je ressemblais ?

– Si. Les pieds blancs, ça je savais. Je savais aussi que tu étais moine. Mais tu n'as pas une petite couronne de cheveux, tu n'es pas chauve. Tu as une belle tête couverte de cheveux et une barbe magnifique. T'es-tu demandé si ton fils te ressemblait ?

– Un fils, oui. Je me demandais parfois, à la tombée de la nuit, si c'était un garçon ou une fille. Tu as un peu des deux, n'est-ce pas ?

– Je suis comédien. Je sais me mouvoir comme une donzelle, hurler comme une vieille mégère, chanter comme une demoiselle transie d'amour et brailler comme un ivrogne.

– Formidable !

– Qu'y a-t-il de formidable à cela ?

– Tu ne serais jamais devenu comédien si tu avais grandi à l'ombre de ton père.

– Je suis un ménestrel. C'est ce que dit Margot.

Archibald se mit à rire.

– Pourquoi ris-tu ?

– Pourquoi cet air sérieux ? Tu connais beaucoup de chansons tristes, n'est-ce pas ?

– Tu n'aimes pas les ménestrels ?

– J'aime beaucoup les ménestrels. Mais le plus souvent, ils n'ont pas un sou en poche. Et une chanson triste ne suffit pas à calmer la faim.

– Marike dit que tu ressembles à Dieu.

– Tu le trouves aussi ?

– Tu es un vieil homme avec une barbe.

– Je t'avais déjà vu. Il y a quelques jours, à la foire. Tu étais déguisé en Marie.

Joachim pencha la tête.

– Oui, je sais. Ça ne se fait pas.

– Qu'est-ce qui ne se fait pas ?

– De faire comme si on était Marie.

– Elle ne t'en tiendra pas rigueur. Elle n'est pas des plus méchantes.

– Elle ne juge pas. Elle pardonne les péchés.

– Tu l'as déjà vue ? demanda gentiment Archibald.

– Non, répondit Joachim.

Il regarda autour de lui.

– Je ne crois pas que je la verrai un jour.

– Je ne le crois pas non plus.

– C'est dommage ?

– Oui, c'est dommage.

– Pourquoi t'es-tu retiré dans cette forêt ?

– Ici, on est à l'abri des prêtres et des odeurs d'encens.

– Marike m'a parlé d'un livre un peu loufoque. Je crois que ça s'appelle : *L'humanité est une farce.*

– Pourquoi un peu loufoque ? demanda Archibald. D'indignation, son visage s'empourpra.

– Dans ce livre, il est écrit que le Diable est né un jour où Dieu a fait un pet qui a résonné comme un coup de clairon. Et sur Marie, pas un mot ! C'est ce que Marike m'en a dit.

– Non, répondit Archibald. C'est un livre plein de drôleries et de calembours. Il y a de quoi rire et de quoi pleurer.

– Pourquoi on ne parle pas de Marie dans ce livre ?

– Qu'est-ce que j'en sais ? Ce n'est pas moi qui l'ai écrit.

L'air embarrassé, il se détourna de Joachim.

– J'ai comme toi un petit faible pour Marie.

– Qu'est-ce que tu dis ?

– J'ai moi aussi un faible pour Marie, par contre, son fiston, je me demande bien pour qui il se prend, celui-là.

Joachim s'avança vers son père et l'embrassa sur le front.

– C'est ce que font les fils, non ? dit-il.

La nuit tombait.

La lune et les étoiles n'avaient plus peur de se montrer.

Dans une clairière au cœur de la forêt, un grand feu crépitait.

Marike, profondément satisfaite, observait ce qu'il se passait autour d'elle.

Elle regarda la chèvre noire et la chèvre blanche.

Elles étaient attachées à un tronc d'arbre par une longue corde. L'une des têtes qui broutaient était sans cesse repoussée par l'autre.

Elle regarda Dirc et Monne.

Assis par terre en tailleur, ils se jetaient des pommes de pin. On aurait dit qu'ils avaient plus de deux bras chacun.

Elle regarda Jean des Rats.

Il fixait les flammes d'un air rêveur.

Elle regarda Joachim.

Il lisait près du feu *L'humanité est une farce*. Une ride profonde barrait son front.

Elle regarda Isabella.

Elle suspendait à une branche les vêtements qu'elle venait de laver dans le ruisseau.

Elle regarda Archibald.

Il était assis sur une grosse souche. Il passait sa main dans sa barbe. Ses pieds qu'éclairaient les flammes semblaient plus blancs que jamais.

Elle regarda Margot.

Installée à côté d'Archibald, elle reprisait des quantités de vêtements, comme si un événement se préparait.

– Ce que je lis là, s'exclama Joachim, je n'en crois

pas mes yeux ! Ce moine fou, quel genre d'homme était-ce ?

Il secoua la tête d'un air mélancolique et poursuivit sa lecture.

Marike contourna le feu pour s'approcher d'Archibald et de Margot.

– Le Diable sait lire et écrire, dit-elle.

– Qui le lui a appris ? demanda Archibald.

– Un vieux marchand ambulant, répondit Margot. Nous l'avons trouvé sur le bord de la route. Un misérable ! J'ai pris soin de lui. Il était à moitié paralysé, c'est tout juste s'il parvenait à avaler une cuillerée de bouillie. Il jurait et tempêtait à longueur de journée.

– Je vois. Joachim était à bonne école.

– Il écrivait les lettres dans le sable. Il lui disait voici le *a*, et voilà le *p*, de père. Joachim a appris à lire aussi vite qu'un petit oiseau apprend à voler. Le marchand est mort dans mes bras. Il ne pouvait plus parler. À l'aide de son bâton, il a écrit un mot dans le sable. J'ai demandé à Joachim : « Qu'est-ce qu'il a écrit ? » Il m'a répondu : « *Amen.* »

Archibald l'avait écoutée avec le plus grand sérieux.

Que l'on écrive dans le sable ou dans un livre,
  peu importe.
Le vent et les années finissent par effacer les mots.

Marike regardait ces deux-là assis sur la souche.

251

« Tout va bien », se dit-elle.

Elle se tourna vers le feu. Joachim s'était levé. À travers les flammes, même sans ses cornes, il ressemblait au Diable.

– Ce qui est écrit ici, s'écria-t-il, c'est incroyable ! Le Diable, ce n'est pas un type qui porte des cornes, le Diable, c'est ce livre !

Archibald se leva d'un bond.

– Et alors ?

– Je le jette au feu, s'écria encore Joachim.

– Ne t'en avise pas ou je te donne une raclée dont tu te souviendras.

– Ce livre insulte tout le monde, hurla Joachim.

– Non, répliqua Archibald. C'est la façon dont tu le lis qui est insultante pour l'auteur. Les mots ne peuvent pas faire de mal.

Margot ramassait des branchages, elle s'approcha du feu et les jeta dans les flammes.

– Un peu de respect, Joachim. Tu parles du livre qu'a écrit ton père.

– Non ! protesta Marike.

– Toi ! hurla Joachim en pointant le doigt vers Archibald. Tu as écrit ce livre ?

– C'est pas vrai, murmura Marike. C'est le moine fou qui l'a écrit.

Elle secoua la tête, puis eut un petit sourire ironique.

Archibald se gratta la tête.

– Oui, bon, à mes heures perdues j'ai écrit *L'humanité est une farce*, et je l'ai illustré.

Marike releva la tête.

« Décidément ! » se dit-elle.

Joachim souffla la poussière sur la page ouverte.

– C'est toi qui as écrit ce satané bouquin ? Tu en parles comme si c'était à la portée de tout le monde.

– Ça alors ! s'exclama Marike.

Personne ne l'entendit.

– Ça alors ! s'écria-t-elle, très fort cette fois.

Margot, Archibald et Joachim se tournèrent vers elle.

– Je ne le savais pas, dit Marike.

À son tour, elle pointa le doigt vers Archibald.

– Il ne me l'a jamais dit. Ça suffit, j'en ai assez !

Elle alla retrouver Jean des Rats et s'assit près de lui. Elle posa ses coudes sur ses genoux et, furieuse, prit sa tête entre ses poings.

– Archibald est le moine fou. Et moi, qui suis-je ?

– Tu es Marike, répondit Jean des Rats.

– Qui est Marike ?

– Toi.

– Comment s'appelle cette forêt ?

– La forêt hantée.

– Qu'est-ce que la forêt hantée ?

– La forêt où habitent les mauvais esprits.

Marike demanda en désignant les personnes assises près du feu :

– Ce sont eux les mauvais esprits ?

– Non.

– Qui sont les mauvais esprits, alors ?

– Les gens.

– Ce n'est pas la même chose ?

– Non.

Ensemble, ils fixaient les flammes.

Joachim ferma d'un coup sec *L'humanité est une farce*, il posa un baiser sur l'épais parchemin et se dirigea vers son père.

– C'est vraiment toi qui l'as écrit ? demanda-t-il timidement.

Archibald hocha la tête.

Joachim secoua la tête.

– C'est incroyable. Et les dessins aussi sont de toi ! C'est formidable. Comment as-tu fait pour inventer tout cela ? Qui t'a appris à dessiner aussi bien ? Comment se fait-il que tu aies un tel vocabulaire ?

– Au fil des années, on grappille ici et là.

Joachim continuait à secouer la tête.

– Mon propre père a écrit ce livre. Serai-je capable moi aussi d'écrire un jour ?

– Et tu le trouvais scandaleux ?

– Je ne savais pas que toi, mon père, tu en étais l'auteur et l'illustrateur.

Cette nuit-là, on eût dit que la lune pouvait, comme le soleil, réchauffer la terre.

Dans la petite maison en bois, les bougies étaient éteintes.

Marike était assise par terre. Elle n'avait pas sommeil.

L'ouverture ronde du toit laissait passer tant de lumière que Marike voyait tout clairement autour d'elle.

Jean des Rats était allongé dans un lit qu'Archibald avait confectionné en un tour de magie, un lit dans lequel on s'endormait immédiatement.

La magie agissait toujours.

Jean des Rats était à peine couché qu'il dormait déjà.

Archibald était allongé dans son propre lit. Il soufflait par moments sur sa barbe.

Margot, non loin de lui, était assise sur une chaise faite de branchages. Le menton sur la poitrine, elle somnolait. Sa tête était parfois agitée d'un soubresaut, mais elle ne se réveillait pas.

« Que sais-je de Margot ? se demanda Marike. Je ne sais presque rien d'elle. Que sais-je de Joachim et d'Isabella ? Et de Dirc et de Monne ? Presque rien, sans aucun doute. »

Archibald marmonnait :

– Ah non !

Il ne se réveilla pas.

« Et que sais-je d'Archibald ? Rien. Je ne sais rien de lui. Dès que j'ai le dos tourné, il devient un autre. Le père de Joachim. Ou le moine fou. Il a écrit et illustré *L'humanité est une farce*. Je n'en reviens pas ! C'est un menteur. Il a une jolie barbe, mais il s'est bien moqué de moi. Tout le monde se moque de moi. C'est la farce, je suis le dindon. »

Elle regarda le pied amaigri de Jean des Rats qui pointait sous les fourrures. Sa cheville était recouverte d'un morceau de tissu qui maintenait en place une couche humide et collante d'herbes médicinales.

« De Jean des Rats, je sais tout, songea-t-elle. Il a mon âge. Son père et sa mère sont morts ou ils ont disparu, comme les miens. Lui, c'est un garçon, mais qu'importe. Parfois, je sais d'avance ce qu'il va dire. Parfois, je devine ses pensées. »

Marike traversa la pièce à petits pas. Elle se faufila par la sortie.

La forêt hantée n'était plus la forêt hantée.

Une nuit sans froid ni pluie. Chacun pouvait dormir où bon lui semblait.

Dirc et Monne s'étaient endormis sous un arbre luxuriant. La tête de Monne reposait sur le ventre de Dirc.

Elle s'avança vers les deux hommes.

Dirc avait le sourire aux lèvres.

Monne piaffait comme s'il avait soif.

Dirc et Monne avaient eux aussi chacun leur histoire. De ces deux histoires, elle ne connaissait pas même le début. Et eux ne connaissaient rien de son histoire à elle. Pourtant, quand ils étaient réveillés, ils se reconnaissaient.

Marike leva les yeux vers la lune.

Beaucoup de gens dormaient. Beaucoup étaient éveillés.

« Et moi ? se demanda Marike. Je suis réveillée où je rêve que je suis réveillée ? »

Elle fit quelques pas.

Isabella et Joachim se tenaient au beau milieu du tapis de tormentilles, près du ruisseau.

Ils s'embrassaient.

Isabella se hissa sur la pointe des pieds.

Marike ne voyait pas leurs nez, elle ne distinguait que leurs nuques.

« Ils ne savent pas que je les regarde », songea-t-elle.

Quand ils eurent cessé de s'embrasser, Joachim souleva Isabella. Leurs corps n'étaient plus que des ombres.

Marike vit qu'ils se regardaient dans les yeux.

Elle s'assit dans l'herbe.

« L'un est en train de voler l'âme de l'autre », pensa-t-elle.

– Dans cette forêt, je te vois pour la première fois, dit Joachim.

– Tu divagues ! répliqua Isabella.

Marike étouffa un rire dans sa main.

Joachim reposa Isabella.

– Comment je m'appelle ? demanda Isabella.

– Isabella, répondit Joachim.

– Je ne suis pas un ange.

– Cela vaut mieux pour toi.

« Mon père et ma mère se sont embrassés », se dit Marike. Et, comme l'ange et le démon, ils ont eu un enfant. Je suis mi-ange, mi-démon. Qu'est-ce que ça veut dire au juste ? Oh, je le saurai bien un jour ! Qui étaient mon père et ma mère ? Tout ce que je sais d'eux, c'est qu'ils ont appelé leur enfant Marike. Marike, c'est moi. C'est Jean des Rats qui me l'a dit. D'ailleurs, c'est comme ça qu'on m'appelle. »

Ses yeux se fermaient presque.

Joachim déposa Isabella sur le tapis de tormentilles. Il s'allongea près d'elle, cueillit une fleur et la chatouilla juste sous le nez.

Marike ne distinguait presque plus rien.

« Un homme et une femme sont allongés là. C'est une nuit merveilleuse. J'observe mon père et ma mère et je ne suis pas encore née. »

Elle entendit le rire d'une femme.

Jamais elle n'avait entendu un rire semblable à celui-ci.

Elle entendit le rire d'un homme.

Jamais elle n'avait entendu un rire semblable à celui-là.

– *Ave Maria*, chuchota-t-elle. C'est très gentil à vous, Vierge Marie, de me permettre de voir une fois dans ma vie mon père et ma mère.

Prenez soin de Marike.

Ces mots n'étaient pas encore écrits.

Marike s'endormit.

18

Où Jean des Rats retrouve Ratoune, où Marike déchiffre son propre nom et où Dieu et le Diable se promènent ensemble

Pendant des semaines, Ratoune avait suivi les roulottes. Elle ne les avait jamais perdues de vue, ni sous la tempête ni sous l'orage. Chaque fois qu'elle pensait à Jean des Rats, elle se souvenait de la cage, elle poussait alors un grognement mécontent.

Quand le soleil était haut dans le ciel, homme, femmes, enfants et chiens s'agglutinaient autour des roulottes.

Ratoune n'aimait pas les chiens.

Ils sentaient encore plus mauvais que les hommes.

Un matin, dès l'aube, Ratoune se dirigea vers les roulottes d'un pas décidé. Elle cherchait des miettes de nourriture rance. Elle en avait assez de l'odeur des fleurs et de l'herbe.

Elle grimpa sur l'estrade.

Jean des Rats dormait à la belle étoile sous un tas de vêtements de couleur. Il portait une capuche ornée de clochettes.

Ratoune poussa un petit cri de rat en l'apercevant.

Celui-ci émergea immédiatement d'un profond sommeil. Surpris, il se redressa. Des vêtements glissèrent du tas, les clochettes tintèrent.

Ce bruit déplut à Ratoune.

Elle comprit que Jean des Rats n'était plus tout à fait le même. Elle ne s'enfuit pas, mais elle resta sur ses gardes.

Jean des Rats se frotta les yeux.

– Hé, fit-il, te voilà enfin !

Ratoune fit trembler son museau.

– Approche.

Il n'en était pas question.

– Je ne t'enfermerai plus, promis.

Ratoune reconnut sa voix. Elle n'était plus tout à fait la même.

– Ratoune, je suis un comédien à présent. Je sais faire des grimaces. Joachim m'explique ce que je dois dire. Il me dit : « Retiens bien ! » Le lendemain, je me souviens de tout. Tu viendras me voir cet après-midi ? Nous allons jouer *Comment sa vieille mère donne une bonne raclée au Diable*.

Jean des Rats déplaça prudemment son pied vers le bois de l'estrade.

Ratoune dressa l'oreille.

« Elle reste sur ses gardes », pensa Jean des Rats.

– Comment va la veuve noire ? Parfois, il m'arrive de la regretter. Oui, bon, il m'arrive même de regretter la douleur à ma cheville. Ça t'étonne ? Comment va ta famille ? Peut-être n'es-tu pas encore rentrée chez toi ?

Jean des Rats posa le pied sur le bois en s'efforçant de ne pas faire de bruit.

Ratoune le remarqua. Elle secoua la tête.

– Ils dorment tous, expliqua Jean des Rats. Marike dort dans la grande roulotte avec Joachim et Isabella. Dirc et Monne partagent la petite. Dans celle d'à côté, il y a Margot et Archibald. Quand il fait beau, il dort à la belle étoile. Tous les jours, il dit qu'il va retourner dans la forêt hantée. Margot n'est pas d'accord. Moi, je dors tantôt ici, tantôt là.

Ratoune fit entendre un petit couinement qui ressemblait à un grognement. Cette longue histoire ne l'intéressait pas.

– J'ai oublié ton odeur, Ratoune. As-tu oublié la mienne ?

Il dit en montrant sa cheville :

– Regarde, la blessure s'est cicatrisée. Je peux courir et sauter à présent. Je reste avec les comédiens.

Isabella dit à tout le monde qu'elle a eu deux enfants sans avoir jamais accouché.

Ratoune inclinait la tête.

– Isabella n'aime pas les rats. Mais quand elle n'est pas là, tu peux t'asseoir sur mon épaule.

Jean des Rats fit un pas en avant.

Ratoune fit demi-tour, bondit de l'estrade et se sauva.

– Je n'aurais pas dû dire cela.

Ratoune avait disparu. Quand elle fut à bonne distance, elle pointa furtivement son museau au-dessus de l'herbe.

Jean des Rats se dit : « Ratoune avait envie de me voir. Une dernière fois. Mais elle ne voulait plus que je l'enferme. Qu'elle est bête ! Moi, j'aimerais bien voir la veuve noire une dernière fois. Je lui demanderai : "Comment allez-vous, ma tante ? Est-ce que je vous manque ?" Elle s'avancera en tendant vers moi ses doigts crochus et en hurlant. Moi, je me sauverai. »

Jean des Rats eut un petit rire, puis il sauta de l'estrade.

Comme tous les matins, il courut autour des roulottes, il donna une tape au derrière du vieux bourrin, caressa la crinière des deux ânes à moitié endormis et tira les chèvres par la barbichette.

Il contempla son reflet dans une mare.

Il fit tinter les clochettes de son capuchon et sourit à son image.

Il aimait bien la mare.

C'était l'endroit où Isabella faisait la lessive. Alors, allongé sur le ventre, il mâchonnait un brin d'herbe et observait les gouttes de sueur qui perlaient sur son front, ainsi que les taches de rousseur qui couvraient ses bras. La mare lui servait parfois de miroir. Isabella tressait une grosse natte dans ses cheveux. Comme ils étaient mouillés, elle n'y parvenait pas toujours. Jean des Rats aimait bien l'entendre rouspéter.

Quand Archibald et Marike étaient dans l'eau jusqu'aux genoux et regardaient leurs pieds blancs, Jean des Rats examinait les siens en se disant : « Ils sont un peu gris, mais il y a pire. »

Il garda pendant un moment les yeux fixés sur le soleil levant.

À moitié aveuglé, il partit en courant.

Il ne savait plus où il était.

Peu à peu, le vert redevint le vert de l'herbe, les taches blanches au loin, les dunes, c'est à ce moment-là qu'il aperçut Archibald.

Ce dernier scrutait les collines.

Jean des Rats se dirigea tranquillement vers lui.

Arrivé à ses côtés, il fit comme lui.

– Quel âge as-tu ? demanda-t-il après un long silence. Tu es très vieux, n'est-ce pas ?

– La terre est vieille.

– Plus vieille que toi ?

– Comparé à la terre, je ne suis encore qu'un poussin dans l'œuf.

– Quel âge a la terre ?

– Il y a longtemps, il y a très longtemps, non, que dis-je, il y a une éternité, tout était plongé dans l'obscurité. Elle n'était ni grande ni petite, elle était partout. Ça dépasse notre imagination.

– Maintenant, il ne fait plus noir.

– Non, il ne fait plus noir. La terre, le soleil, la lune, les océans, les poissons, les oiseaux, les renards et les hommes existent parce que nous pouvons les voir. C'est un mystère dont je n'ai pas la clé.

– Marike dit que tu sais tout.

– J'en sais un tout petit peu plus que Marike. Pas de quoi en être fier.

– Pourquoi pas ?

– Tu connais l'histoire de la grosse goutte d'eau dans une averse ?

– Non, je ne la connais pas.

– Une grosse goutte était tombée du ciel en même temps que beaucoup d'autres gouttes. Elle disait à qui voulait l'entendre : je suis plus belle, plus intelligente et plus forte que vous toutes ! Elle atterrit dans une cuve d'eau. Un géant la puisa en même temps que ses frères et sœurs. Ils furent tous avalés.

Jean des Rats se mit à rire.

– Tu restes avec nous ? demanda-t-il.

– Pourquoi cette question ?

– Chaque matin, je me dis : « Archibald ne sera plus là, il sera reparti dans la forêt hantée. »

Archibald baissa les yeux vers Jean des Rats.

Jean des Rats leva les yeux vers Archibald.

« Il sourit ou pas ? se demanda-t-il. Avec sa barbe, difficile à dire. »

Le Diable avait la tête prise dans un seau, sa vieille mère tapait sur son satané derrière.

Un petit garçon qui portait une drôle de capuche sauta sur le devant de la scène et cria :

– La farce est terminée !

Le Diable retira sa tête du seau et se redressa. Sa vieille mère vint à ses côtés. Ils saluèrent les paysans et les paysannes, les fils de paysans éméchés et les filles de paysans aux joues roses, les garçons et les filles de ferme et les citadins de passage.

Des huées, des cris.

– N'applaudissez pas, s'écria le petit garçon à la drôle de capuche. Je n'ai pas terminé. Voulez-vous voir les marques bleues sur les fesses du Diable ?

– Oui, oui !

Le Diable se retourna et baissa ses culottes. Ses fesses nues brillaient au soleil. Il n'y avait pas la moindre trace de coups.

– Tu pètes ? cria un garçonnet.

– Non, non, s'écria le Diable.

Il se rhabilla promptement.

– Je ne pète qu'après avoir mangé des oignons et de la tripe.

Parmi les rires et les cris du public, on entendit un pet retentissant. De jeunes chiots s'enfuirent apeurés.

Le petit garçon criait :

– Nous avons fait de notre mieux pour vous faire rire. L'année prochaine nous reviendrons. La bourse plate et l'estomac vide, comme d'habitude. Si vous ne voulez pas que nous mourions de faim, jetez-nous des pièces ou des œufs. Les œufs, plutôt au grand là-bas, il attrape tout. La farce vous a ennuyés ? Vous n'avez pas assez ri ? Non ? Alors jetez des pierres, des oignons ou des œufs pourris !

Les spectateurs jetèrent des pièces.

Le petit garçon parcourait l'estrade en sautillant. Les clochettes de sa capuche tintaient.

Par moments, il plongeait vers les planches de bois et faisait plusieurs pirouettes à la suite. Il était devenu très habile pour attraper les pièces.

Marike, qui se tenait près d'Isabella, regardait les comédiens s'agiter sur l'estrade.

– Je suis là à regarder bêtement. Je veux participer moi aussi.

– Pas question ! lança Isabella.

– Pourquoi pas ?

– Tu es une fille.

– Oui, oui, je le sais. Et alors ?

– Tout à l'heure, tu pourras compter les pièces avec Jean des Rats.

– Le soir, je vous raconte bien des histoires. Pourquoi j'ai le droit ?

– Le soir, nous sommes entre nous.

Jean des Rats sauta de l'estrade et se précipita vers

Isabella les deux mains remplies de pièces. Isabella releva le devant de son tablier et se pencha en avant ; Jean des Rats y fit tomber les pièces.

– Demain, nous allons faire rôtir un poulet.

– J'ai vu Ratoune ce matin, s'écria Jean des Rats en s'adressant à Marike.

Elle prit un air dédaigneux.

– Les rats sentent mauvais.

– Les rats sont gentils.

– Ils rongent et ils puent, c'est tout ce qu'ils savent faire.

– C'est faux.

– Tu es un comédien de rien du tout. Je ne comprends pas un mot de ce que tu dis. Quand tu sautes comme un fou, tu me fais honte.

– Non mais dis donc !

– Tu es un orphelin, tu as des jambes comme des allumettes.

– Tu n'as pas le droit de dire ça.

– Tu es orphelin... Tu es orphelin... Tu es orphelin...

– Et toi, hein ?

– Un orphelin qui aime les rats.

– Tu es une enfant trouvée. Ton père et ta mère étaient des sales bohémiens.

– C'est pas vrai. Et moi, j'ai un nombril. J'ai un très joli nombril. C'est le plus beau de tous. Tu ne peux pas en dire autant, fils de Satan.

– Répète un peu !

– Fils de Satan… Fils de Satan…

Jean des Rats se précipita sur Marike. Une seconde après ils roulaient par terre.

– Je ne m'en mêle pas, dit Isabella en faisant tinter les pièces dans son tablier.

« Normal, songea-t-elle, ils redeviennent des enfants comme les autres. »

Les spectateurs s'étaient dispersés. Dans la clairière, le calme régnait autour des roulottes.

Tous, sauf Joachim, étaient assis sur le carré d'herbes piétinées. Penchés sur leurs gamelles, ils avalaient la soupe à l'oignon à grandes lampées.

Joachim portait encore son habit de Diable.

– Le spectacle est fini, lui dit Isabella. Retire donc ton costume.

– Nous ne pouvons pas jouer chaque année la même chose, déclara Joachim d'un ton rêveur.

Il indiqua les deux cornes sur son capuchon.

– J'ai un nouveau miracle en tête. Une histoire magnifique. Elle commence dans une forêt. Dans cette forêt, un vieil homme et une jeune fille habitent loin de tout.

– Laisse-moi en dehors de tout ça, dit Archibald en bougonnant.

– Un oncle et sa nièce, poursuivit Joachim en émettant un petit rire, ils vivent en paix dans la forêt. Tous les soirs, ils récitent pieusement leurs prières près d'un arbre. Un beau jour, le vieil homme dit à sa

nièce : « Ma fille, tu vas aller au marché, en ville. »
La jeune fille n'a jamais mis les pieds en ville et elle
n'y connaît personne. Inquiète, elle demande :
« Pourquoi devrai-je aller au marché, mon oncle ? »
« Nous n'avons plus de bougies, nous n'avons plus
d'huile pour les lampes, plus une goutte de vinaigre
dans la bouteille et hier j'ai utilisé le dernier reste de
sel pour les champignons. À présent, tu sais ce que
tu dois acheter », répond son oncle. La jeune fille,
son panier sous le bras, part pour la ville.

– Comment elle s'appelle ? demanda Marike.

– Tu le sauras tout à l'heure. Elle achète toutes
sortes de choses au marché et quand son panier est
bien rempli, qu'elle peut tout juste le porter, elle
reprend le chemin de la forêt. Le soleil décline, puis
il s'enfonce dans la terre. Il fait nuit, la jeune fille ne
distingue plus ses pieds. Elle entend des murmures,
des bruissements étranges, des rires étouffés ici et là
et elle se dit : « Je vais vite aller chez ma tante. Mon
oncle m'a dit qu'elle habitait à la croisée des quatre
chemins. » Elle frappe à la porte. Une vilaine mégère
apparaît. La jeune fille dit timidement : « Ma chère
tante, puis-je passer la nuit chez vous, sinon les loups
vont me dévorer. »

Joachim, les doigts crochus, courba le dos et lança
des regards de sorcière autour de lui.

– Et que crie la sorcière ? demanda-t-il. Elle crie :
« Je ne suis pas ta tante, mauvaise fille, non mais
qu'est-ce que tu crois ? Qu'est-ce que tu fais dans le

noir à une heure pareille et d'où sors-tu ce panier bien rempli ? Ce sont les galants avec qui tu as batifolé qui te l'ont donné sans doute ? Tu crois que je vais abriter sous mon toit une créature qui vit dans le péché ? »

Joachim baissa les yeux et regarda la pointe de ses souliers.

– La jeune fille répond : « Chère tante, je suis encore vierge. » La tante réplique : « Si tu es encore vierge, moi je suis sainte Marie », avant de lui claquer brutalement la porte au nez.

Joachim écarta les bras et, un large sourire aux lèvres, il regarda à la ronde.

– Monne jouera la tante. Dirc sera bien sûr le brave oncle. Qui sera la jeune fille ?

– Moi, s'écria Marike.

– Moi, s'écria Jean des Rats.

– Oui, dit Joachim, toi, tu seras la fille. Un peu de rouge sur les joues, un sage bonnet sur la tête et les pieds bien blancs.

– C'est pas juste, hurla Marike. Je suis une fille, pas lui !

– La jeune fille est seule dans la nuit, poursuivit tranquillement Joachim. Elle a si peur que, de ses mains nues, elle entreprend de creuser un trou. Elle a les doigts meurtris, les ongles qui cassent. Elle creuse, creuse, creuse et n'entend pas la voix douceâtre qui lui demande : « Pourquoi creuses-tu ce trou, demoiselle ? »

Marike cacha son visage dans ses mains.

– Oh, c'est affreux ! Qui est-ce ?

– Ce n'est autre que le Diable.

– Et qui va jouer le Diable ?

– Qu'est-ce que tu crois ?

– Le Diable joue le Diable, répliqua Marike avec un petit rire ironique.

– La jeune fille s'allonge dans le trou, poursuivit Joachim sans lever la voix, et elle ramène la terre sur elle. Une tête se dessine dans la lueur de la lune, une vilaine tête avec des cornes et un nez écarlate. La jeune fille demande : « Qui es-tu ? » « Je suis le Diable, demoiselle, répond le Diable. Pourquoi une jolie fille comme toi se couche-t-elle dans ce trou sale ? » Elle répond : « Si je me couche dans ce trou et que je devienne aussi noire que la terre, les méchants ne me trouveront pas. » « Rusée, fait le Diable, très rusée, mais maintenant que je suis là, tu n'as plus rien à craindre. Nous allons nous rendre dans une bonne auberge, boire des litres de vin, manger quelques cuisses d'oies et nous couler ensuite dans un lit chauffé d'avance. » « Si tu es le Diable, répond gentiment la jeune fille, tu es le pire de tous les méchants. » Le Diable éclate de rire. « Calomnies, ma belle, médisances. Les gens racontent des bêtises sur moi parce qu'eux-mêmes sont mauvais. Je suis un ange. Demande à Dieu. Oui, fillette, nous allons bien nous amuser. Je t'apprendrai tout ce que je sais et ce n'est pas rien. Je te ferai connaître le paradis : des nuages à n'en plus finir, des anges à mourir d'ennui et un Dieu qui dort tout le temps. Je te ferai connaître l'enfer : ni feu ni dragons, mais des palais tout en or où l'on danse et où l'on s'aime. » « Oh, Diable ! dit la jeune fille, je te suis volontiers. » Le démon tend le bras et aide la jeune fille à sortir du trou. Ils dansent dans l'obscurité.

Joachim se dirigea vers Jean des Rats, il lui tendit le bras pour l'aider à se relever.

Ils rirent et dansèrent ensemble dans la nuit sans lune.

Archibald, Isabella, Margot, Monne et Dirc continuaient à manger tranquillement leur soupe.

Marike s'écria :

– Arrêtez, je veux connaître la suite.

Joachim et Jean des Rats se laissèrent choir sur le sol.

– Sept ans, poursuivit Joachim quand il eut repris son souffle, sept ans durant, la jeune fille partagea la vie du Diable. Ils volaient les riches comme les pauvres, ils trompaient les princes et les rois, ils murmuraient d'affreuses histoires aux oreilles des enfants endormis. Ils se déguisaient en prêtres et poussaient les gens à se flageller. Cela dura sept ans.

Archibald secoua la tête.

– Balivernes !

Joachim se redressa d'un bond.

– Les histoires, père, ne doivent pas raconter la vie comme elle se déroule chez toi et dans ton village. Elles doivent t'emmener ailleurs. Le roi bâille, avale un mauvais esprit et assassine ses propres enfants. L'agneau mange le loup.

– Et quoi encore ?

– Sans les histoires, je ne comprendrais rien au monde et aux hommes.

– Tu as peut-être raison.

Joachim leva les bras. Lentement, il les rabaissa.

– Ils ne virent pas passer ces sept années. Un beau jour, le Diable et la jeune fille arrivent à la foire. « Quels mauvais coups allons-nous bien pouvoir faire ? » demande le Diable à la jeune fille. Elle regarde autour d'elle. Entre-temps, elle est devenue une femme frivole, vêtue d'habits somptueux. Des bagues brillent à ses doigts, elle porte des mules de soie. De sa peau émanent des senteurs de fleurs sataniques qui envoûtent les hommes, les enivrent. Où en étais-je ? Ah oui… elle regarde autour d'elle et aperçoit, sur une estrade brinquebalante, une troupe de comédiens. Ils jouent une pièce intitulée *Mascaron*.

Joachim joint les mains.

– La jeune femme écoute les paroles de la Sainte Vierge. Peu après, des larmes coulent sur ses joues peintes.

Joachim s'avança vers Archibald. Il vit ses yeux briller de larmes.

– Oh, la jeune femme comprend, poursuivit Joachim à voix basse à peine audible, qu'elle a vécu dans le péché et la débauche. Elle regarde le Diable droit dans les yeux, elle y voit son reflet : une vilaine créature dépravée. « Cette bande de drôles commence à m'ennuyer, lui dit le Diable, et cette Marie surtout, elle me tape sur les nerfs. Elle a eu un fils, je ne peux pas le sentir, celui-là. Ce gamin ne m'a créé que des ennuis ! Partons vite. – Non, s'écrie la jeune femme. Je suis damnée. Marie est mon seul salut. Va-t'en. » Le Diable hausse les épaules, se change en corbeau noir. Tu ne l'emporteras pas au paradis ! lance-t-il avant de s'envoler en poussant d'horribles croassements.

– Un Diable de rien du tout, fit Archibald.

– La jeune femme, chanta Joachim, tombe à genoux et prie pendant trois jours d'affilée.

– Trois jours ! s'exclama Marike. Qu'est-ce qu'elle peut bien raconter pendant trois jours ?

– Elle dit : « Pardonnez-moi, Vierge Marie, pardonnez-moi, Vierge Marie, pardonnez-moi, Vierge Marie. »

– Facile de prier pendant trois jours, si on répète toujours la même chose !

– Elle s'habille de noir. Elle retire son maquillage, offre ses bagues et tous ses bijoux aux pauvres, leur donne du pain. Elle libère aussi un petit garçon attaché à un poteau. Elle l'emporte dans ses bras et lui dit : « Je t'emmène dans la forêt. Mon oncle s'occupera de toi. Comme le Diable viendra me chercher et que mon âme lui appartient, je ne peux pas rester avec toi. Il m'emmènera en enfer où, pour l'éternité, je souffrirai à la fois du feu et du froid. » « Pose-moi par terre », dit le garçon. Elle le pose et le voit se transformer : c'est la Vierge Marie.

– Ton histoire, s'écria Archibald, ne tient pas debout.

Joachim poursuivit d'une voix sourde :

– Marie dit à la jeune femme : « Tes péchés te sont pardonnés. » La jeune femme respire, soulagée. Elle remercie la Vierge Marie, elle entre dans un couvent et se fait nonne.

Joachim se tut.

– Je ne sais toujours pas comment elle s'appelle, fit remarquer Marike.

– Allez, viens, dit Isabella à Joachim resté inerte. Ta soupe va refroidir.

Après avoir fait un tour en compagnie d'Archibald, Joachim s'arrêta sur un carré de terre pelé.

À l'aide d'une grosse branche, il écrivit un nom dans la terre.

– Regarde, dit-il à Archibald.

Le vieil homme baissa les yeux.

Il lut, écrit en grosses lettres :

MARIKE
UN MIRACLE

– Il va te falloir l'écrire, ce miracle. Ce ne sera pas une tâche facile !

– Je leur dirai ce qu'ils doivent faire et ce qu'ils doivent dire, déclara Joachim. Les garçons changeront un peu l'histoire, ils la compléteront et l'embelliront. Ensuite, je l'écrirai. En m'inspirant de leurs propres mots et des miens.

– Il se passe trop de choses. Tous les problèmes sont résolus dès que la Vierge apparaît, c'est trop facile. De cette façon, n'importe quel miracle se termine bien.

– Moi, je l'aime bien, cette fin. Le miracle doit être une consolation.

– Pour qui ?

– Pour les gens.

– Qui sont les gens ?

– Toi et moi, les paysans et les bourgeois.

– Et puis, tu parles d'une autre pièce : *Mascaron*, ajouta Archibald en grommelant. C'est contraire à la coutume. Un bon miracle se doit d'être simple.

– Je n'ai pas tout inventé. Ce n'est pas pour rien que je l'ai appelé Marike.

– Hum, fit Archibald.

– Tu ne voudrais pas jouer le vieil oncle ?

– Non, je ne vais pas me monter la tête à mon âge.

Archibald tourna les talons et s'éloigna.

Joachim lui emboîta le pas. Il sifflait un air mélancolique. Il regardait les cheveux de son père flotter au vent, l'air se fit de plus en plus gai.

Ils gravirent une colline.

– Tu n'es pas vieux. Tu grimpes comme une chèvre.

Archibald gardait le silence.

Près du sommet, il s'arrêta. À présent ; il regardait Joachim de haut.

– Tu détestes Marie ? demanda ce dernier.

– Bien sûr que non. Si tu aimes bien Marie, elle peut bien danser sur l'estrade en ce qui me concerne.

– Marie ne danse pas sur l'estrade.

– Façon de parler.

Joachim rejoignit son père.

Ils contemplèrent la plaine au pied de la colline.

Ils voyaient le grand terrain, en bas à droite, là où Joachim avait tracé les lettres à l'aide de son bâton.

Ils voyaient les roulottes en bas à gauche, le vieux bourrin et les deux ânes, la chèvre blanche et la chèvre noire.

Isabella était en train de traire la noire.

Margot brossait la crinière du cheval.

Dirc et Monne étaient assis dos à dos sur l'estrade.

Marike et Jean des Rats semblaient tout petits et s'éloignaient des roulottes en sautillant.

– Lequel des deux est Marike, lequel des deux est Jean des Rats ? demanda Archibald.

– Je ne les distingue pas.

– Les hommes, les petits hommes, que ne font-ils pas ?

– Tu me trouves un peu fou ? demanda Joachim.

Archibald eut un petit rire ironique.

– Mais non, mon garçon. Regarde-les, là, en bas. Un jour, plus personne ne saura qui ils étaient et ce qu'ils ont fait. Qui sait, ton miracle vivra peut-être plus longtemps qu'eux.

Marike ne parvenait pas à courir aussi vite que Jean des Rats. Il faisait parfois un grand bond en avant.

– Pourquoi es-tu si pressé ? lui cria-t-elle fâchée. Où vas-tu ?

Le vent couvrait sa voix.

Jean des Rats continuait à courir et à sautiller.

– Arrête-toi, cria Marike de toutes ses forces.

Jean des Rats s'arrêta sur-le-champ.

Marike stoppa sa course à quelques mètres de lui.

– Il faut que je m'époumone pour que tu m'écoutes, hein ?

Jean des Rats avait les yeux baissés.

– Je n'ai rien entendu. J'ai vu ça. Des traits par terre. Ce n'est pas un dessin. Ce sont des signes.

Marike regarda l'endroit que Jean des Rats lui indiquait.

Elle partit d'un fou rire.

Jean des Rats releva la tête.

– Qu'y a-t-il ? demanda-t-il du ton le plus sérieux.

– Des signes ! dit Marike en pouffant de rire. Ce ne sont pas des signes, bêta. Ce sont des lettres.

– Des lettres ?

– Oui, il est écrit… Et puis non, ça ne te regarde pas !

– Qu'est-ce qui est écrit ? Je ne sais pas lire, tu le sais bien.

– Je ne te le dirai pas…

Marike virevoltait comme une demoiselle autour de Jean des Rats.

– Le miracle, dit-elle, porte mon nom.

– Ton nom ?

Marike s'approcha du M.

– Le M, fit-elle.

Elle fit un pas de côté.

– Le A.

Un pas de côté.

– Le R.

Un pas.

– Le I.

Un pas.

– Le K.

Un pas.

– Le E, on le prononce « eu ». Et qu'est-ce que cela donne ? Un miracle et ce miracle, c'est moi.

Des larmes jaillirent des yeux de Jean des Rats.

– Qu'est-ce qui est écrit ?

– Marike, hurla Marike. C'est marqué : Marike, mon nom ! Le miracle porte mon nom. Ma-ri-ke. C'est bête que tu ne saches pas lire.

Marike dansait et riait.

Jean des Rats secouait la tête. Les larmes coulaient sur ses joues, malgré lui.

– Je m'en fiche, dit-il.

Marike cessa de rire.

– Non. Ce n'est pas gentil de ma part. Je vais t'apprendre à lire.

– Aujourd'hui ?

– Aujourd'hui, demain et après-demain.

– C'est vrai ?

Marike passa le long des lettres.

Jean des Rats en fit autant.

Il répétait après elle.

– M-A-R-I-K-E.

– C'est facile d'apprendre à lire. Viens, on va jouer.

Elle s'éloigna en courant.

Jean des Rats partit à ses trousses. Il eut tôt fait de la rattraper.

Marike s'arrêta et leva les yeux vers le haut de la colline.

Jean des Rats s'arrêta, lui aussi.

Tous deux aperçurent Joachim et Archibald.

Les cornes de Joachim, dressées vers le ciel, semblaient toutes petites.

Archibald, grand, fort et plus vieux qu'un arbre, se tenait à ses côtés.

– Dieu et le Diable, dit Jean des Rats.

– Le père et le fils, dit Marike.

Table des matières

1. Où Archibald est chassé de la ville et où il trouve
une petite fille au beau milieu des tormentilles
en fleur, *7*

2. Où un voyageur tremblant de peur parle
à un petit génie de la forêt et où Archibald raconte
la même histoire pour la énième fois, *17*

3. Où Marike feuillette le grand livre en pensant
à l'homme au chapeau, pendant qu'Archibald prépare
des champignons sautés, *27*

4. Où Marike constate que la queue de Sophie ne bouge
plus et où elle écrit une lettre à Archibald, *37*

5. Où Marike fait la connaissance de la veuve noire
et où un petit garçon présente son ventre
sans nombril, *43*

6. Où Marike se trouve en compagnie d'une multitude
de rats et où elle se glisse sous une montagne
de vêtements noirs, *55*

7. Où Marike rêve de la forêt hantée, de l'homme
au beau chapeau et où Gustav lui permet de s'asseoir
à côté de lui, à l'avant de la charrette,   *71*

8. Où Marike fait la connaissance du Diable, découvre
le feu de l'enfer et a maille à partir avec un bourgeois
et des bourgeoises vêtus de noir,   *77*

9. Où Marike part avec le Diable, fait la connaissance
de sa famille et écoute une histoire près d'un grand feu,   *95*

10. Où Marike, habillée en fille, se promène
dans une foire très animée et où magistère Esculape
monte sur une estrade,   *119*

11. Où Marike assiste à la représentation de *Mascaron*,
se met très en colère et se trouve de nouveau
prisonnière,   *149*

12. Où Jean des Rats contemple la pleine lune
en pensant à Marike et où la veuve noire fait
un cauchemar,   *181*

13. Où Marike se réveille dans un grand lit,
tente de déchiffrer des mots qu'elle ne comprend
pas et mange un gâteau pour la première fois,   *187*

14. Où Isabella se rend à dos d'âne au château et dit
sans détour à la Comtesse ce qu'elle a sur le cœur,   *197*

15. Où Marike revêt ses vieilles nippes, grimpe dans
un arbre et fait peur à Joachim,   *211*

16. Où Jean des Rats entend de drôles d'oiseaux
et où le Diable accompagné de ses acolytes vient
chercher son fils,   *223*

17. Où Archibald découvre deux chèvres près
du ruisseau et où il règne une certaine agitation
dans la forêt hantée,   *237*

18. Où Jean des Rats retrouve Ratoune, où Marike
déchiffre son propre nom et où Dieu et le Diable
se promènent ensemble,   *259*

Peter van Gestel

L'auteur

Peter van Gestel est né en 1937 à Amsterdam. Après avoir été comédien, il écrit des scripts et des scénarios pour la radio et la télévision. Sa carrière d'écrivain débute en 1961. Ce n'est qu'à la fin des années 1970 qu'il se lance dans la littérature jeunesse. Il a déjà publié une vingtaine de titres, parmi lesquels *L'hiver où j'ai grandi* (Folio Junior n° 1491) et *Marike*, tous deux récompensés par de nombreux prix littéraires.

Le papier de cet ouvrage est composé de fibres naturelles, renouvelables,
recyclables et fabriquées à partir de bois provenant de forêts plantées
et cultivées expressément pour la fabrication de la pâte à papier.

Mise en pages : Maryline Gatepaille

Loi n° 49-956 du 16 juillet 1949
sur les publications destinées à la jeunesse
ISBN : 978-2-07-063171-1
Numéro d'édition : 173648
Dépôt légal : janvier 2011

Imprimé en Espagne par Novoprint (Barcelone)